U0478695

"智多星管小正"青少年系列法治安全小说 第二辑

拯救猫头鹰

解淑平 / 著

天地出版社 TIANDI PRESS

图书在版编目（CIP）数据

拯救猫头鹰 / 解淑平著. —成都：天地出版社，2021.5（2021.6重印）
（"智多星管小正"青少年系列法治安全小说. 第二辑）
ISBN 978-7-5455-6280-4

Ⅰ.①拯… Ⅱ.①解… Ⅲ.①长篇小说—中国—当代 Ⅳ.①I247.5

中国版本图书馆CIP数据核字（2021）第028397号

ZHENGJIU MAOTOUYING

拯救猫头鹰

出 品 人	杨 政
作 者	解淑平
责任编辑	李红珍　江秀伟
装帧设计	宋双成
责任印制	董建臣

出版发行	天地出版社 （成都市槐树街2号　邮政编码：610014） （北京市方庄芳群园3区3号　邮政编码：100078）
网　　址	http://www.tiandiph.com
电子邮箱	tianditg@163.com
经　　销	新华文轩出版传媒股份有限公司
印　　刷	三河市兴国印务有限公司
版　　次	2021年5月第1版
印　　次	2021年6月第2次印刷
开　　本	710mm×1000mm　1/16
印　　张	8
字　　数	128千
定　　价	19.80元
书　　号	ISBN 978-7-5455-6280-4

版权所有◆违者必究

咨询电话：（028）87734639（总编室）
购书热线：（010）67693207（营销中心）

如有印装错误，请与本社联系调换。

序

在小说中播撒法治的种子

2019年6月,"智多星管小正"青少年系列法治安全小说的第一辑出版,包括《人贩子来了》《爷爷家里的陌生人》《少年谍中谍》《地下室里的火药味》四本。

为什么要创作法治安全小说?这是因为我在青少年法治教育工作中发现,法治安全事件和问题的发生与青少年法治意识和规则意识淡薄有着密切的关系。

我观看了多场青少年法治演讲大赛,小选手们的演讲声情并茂,然而他们的演讲稿有的却经不起推敲,比如:"小时候,我以为法离我很遥远,长大后,我发现法就在我的身边……""妈妈说,法是明媚的阳光。老师说,法是安全的外套。"我不禁要问,这些话真的是孩子们自己想出来的吗?听起来那么成人腔,那么不真实!

我阅读了大量写给青少年看的法治安全图书,这些书讲法条讲概念讲知识的内容很多，写作的初衷是很好的，但我想，如果让认知的过程更加符合青少年的成长规律会不会更有效果呢？如果我能通过小说的形式讲述法治安全故事，如果我有能力在小说中播撒法治的种子，让青少年尊法、学法、守法、用法，让孩子们学会自救自护，那必定是一件很有意义的事。接下来，我大胆地构思起青少年法治安全小说。是的，我是一个行动派。事实证明，我的大胆行动是非常有必要的。图书出版后，反响比较热烈。于是我又创作了第二辑。

我希望读者在阅读这套书的时候，能够化身其中，跟着跌宕起伏的情节去想象去思考；我希望当孩子们再谈起法治安全的时候，能跟自己的所见所闻联系起来，也就是从细微的生活着手，能够发自内心地侃侃而谈。我想，那时，法治才是真的走进了青少年心里。

有人会问，我怎样才能从细微的生活中联系到法呢？我的回答是：请用你的眼睛用心观察，请用你的耳朵仔细倾听，请用你的心灵好好品味生活吧。因为"智多星管小正"第一辑里的很多故事就是来源于生活的，第二辑更加贴近生活。

比如，《隐秘的假面人》。骗子们很狡猾，他们能男扮女装，也能女扮男装。他们一会儿化身外卖员，说有个外卖忘拿了，让你跟着去取；一会儿把头发弄成波浪卷儿，说自己迷路了，求你帮忙带路。当把孩子拐走后，人们去寻找时，他的头发已经变成了板寸……

比如，《最损团友》。小金毛在现实中确有其人，她是我在国外旅行时认识的旅行团中的一员。天渐渐暗下来的傍晚，当我在异国他乡陪着她们上街买东西，跟她说大家出门要离得近一点时，她竟然不知道为什么；当我跟她说黑灯瞎火的不安全，不要为了买一个包而冒风险时，她竟跟我说在小店里买能省几十块钱；当我问她安全和省钱哪个重要时，她竟然说两个都重要……对这一切，她的奶奶却不敢劝阻，因为她在家里蛮横成性，于是我对小金毛和她的奶奶进行了小说式的创作加工……

比如，《天降飞瓶》。我在国外旅行时就遇到过一个外国孩子连续两次从高处往下扔矿泉水瓶的事。那个男孩脸上的无知和"无畏"令我十分吃惊，和他同行的家长和几个孩子在插队时表现得蛮横无理，这让我非常担忧。在我国，高空抛物、坠物致人伤亡事件时有发生，相关法律也对高空抛物、坠物进行了规制。特别是2019年11月14日，最高人民法院出台《关于依法妥善审理高空抛物、坠物案件的意见》，《意见》为有效预防和惩治高空抛物、坠物，拟定了具体措施，其中明确规定高空抛物最高可按故意杀人罪论处。2020年5月28日，第十三届全国人大三次会议表决通过了《中华人民共和国民法典》。这部《民法典》自2021年1月1日起施行。《民法典》回应了民众热议的问题，对高空抛物坠物"零容忍"。还有2021年3月1日起生效的《中华人民共和国刑法修正案（十一）》，第二百九十一条规定：从建筑物或者其他高空抛掷物品，情节严重的，处一年以下有期徒刑、拘役或者管制，并处或者单处罚金。有前款行为，同时构成其他犯罪的，依照处罚较重的规定定罪处罚。这些法律法规都为我们"头顶上的安全"戴上了最有效的"安全帽"。

比如，《拯救猫头鹰》。猫头鹰是鸟类，它们昼伏夜出，捕捉老鼠。在我的家乡山东高密的一个农场里偶尔会看到猫头鹰，它们自由地生活着，没有人去打扰。然而，还是有人听信了偏方，抓猫头鹰来治病……

比如，《寻找老寿星》。银杏树被称为"活化石"，为国家一级保护植物，存活了数百年的银杏树更是特别珍贵，有的甚至被保护起来，有着不可估量的生态价值和科研价值。然而在利益驱使下，有人偷了张老二家的老寿星——银杏树。为什么要偷银杏树？据说，银杏木做砧板特别好，它有弹性，不翘不裂，不变形，富含油脂，不吸水，不吸鱼肉腥味，耐腐蚀性较强……难道是砧板厂老板偷的？……

比如，《谁偷走了指环》。学校要举行最美教室评选，哪个班都想得第一，但李乒乓和李乒乓的爸爸为了让（2）班得第一，竟然想出请保洁给（2）班打扫卫生的办法，被班主任戴老师严词拒绝了。在评比中所有作弊的也都被取消了参赛资格。想不到的是，在打扫卫生期间，李乒乓的指环不见了！他认为是李乒乓偷走的，因为李乒乓喜欢这个指环。到底是谁偷的呢？对了，那只叫阳阳的小鸟，它就生活在我住的小区，它曾飞到我的肩膀上驻足，它曾一步一跳地靠近我，看看我手里有没有食物可以吃，它听到我的呼唤总会呼啦啦飞过来，这是人与动物和谐共生的写照……

比如，《天价白菜》。一棵白菜60块钱，这可是曾经发生过的真事……

第二辑的小说涉及生活多个方面的内容，故事里有些大人做出了不道德的甚至涉嫌违法的行为。小读者可能会提出疑问，大人不是告诉我们要遵守各种规章制度吗，怎么大人还带头违法呢？

是的。生活中，大人告诉孩子不能闯红灯，但有的大人却带头闯红灯，孩子拉着大人的手说红灯亮了别走，却被大人拽向马路对面。生活中，大人常说要讲诚信，可是考试时有大人嘱咐孩子，要是旁边坐着学习好的同学就抄一抄，能抄一分是一分。生活中，大人说要守规矩，可是有的大人图省事带着孩子爬栏杆……

如果你是小读者，你是不是很不能理解这些不好的做法？听我说，无论在新闻里还是在生活中，正面的消息占了大多数，做出不良行为的大人毕竟是少数，这需要你去帮助他们，提高他们的法治意识和道德水平。

如果你是大读者，你想想，是不是偶尔也有过这样的行为？听我说，请做出一个大人该有的样子，以身作则：不道德的事不想，不合规的事不碰，违法的事不做。只有让你的孩子在一个遵守规则的家庭环境中成长，将来他才会成为一个有底线的人，才会成为一个尊崇公序良俗的人。

"智多星管小正"青少年系列法治安全小说里写的都是有惊无险的"差点儿"的故事，相对来说"过于理想主义"。我之所以这么创作，其实就是想让大人们更加强烈地认识到事先预防比事后补救更重要，让孩子们去想象如果事情发生在自己身上，应该怎么想办法解决，让孩子们学会主动规避危险，掌握自救的本领，具备应对各种突发事件的能力。因为生命经不起意外。

我在第一辑的序里写到"愿你们都能拥有一颗勇于乘风破浪的心"。要想孩子们拥有乘风破浪的心，就需要家庭、学校和社会合力配合，全方位育人，培养他们独立生活和解决问题的能力，对他们"放手"而不撒手。

我们的社会正在发展，有诸多地方需要完善和改进，大人们可能更愿意把正面的信息传递给孩子，但其实一些负面的事件也无须完全回避，可以适当地与孩子一起探讨负面事件背后的因素及解决的办法。因为，孩子们终究要长大，他们终究要学着辩证思考，探究所处的这个世界，解开心中的疑惑。用发展的眼光从不同的角度看待问题，才能真正拥有一颗勇于乘风破浪的心。

"智多星管小正"青少年系列法治安全小说的第一辑图书在出版过程中得到了教育、法律、媒体等各界专家学者的支持和关心，图书出版后受到读者们的喜欢，还有教师告诉我，该系列小说是《道德与法治》学科的有益的课外拓展读本，这些都将成为我继续创作的动力。在第二辑图书出版之际，郑重地向朱永新先生、李希贵先生、王俊成先生、田思源先生、袁治杰先生、曹鎏女士等专家前辈表达诚挚的敬意，感谢你们对我的扶持和抬爱；感谢赵辉女士、王兰涛女士对我的帮助和支持；感谢中国美协漫画艺委会秘书长、知名漫画家王立军先生掌镜，将真实自然的我展现在读者面前；感谢出版社和幕后工作人员，是你们精益求精的态度让我的作品更好地呈现在读者面前。然而，我十分清楚的是，无论如何修正，读者们总能在书中找到一些纰漏，我也希望收获更多的评论和反馈，未来写出更多更有意义的图书。

最后，感谢家人和朋友们的理解和陪伴，感谢我自己的坚持。

目 录

第一章　夜半惊魂 / 1

第二章　利奇马来了 / 35

第三章　黑烟谜团 / 53

第四章　拯救猫头鹰 / 87

主角档案

姓名：管小正
出生地：北京
年龄：12岁
理想：当个大侦探
口头禅：这里面一定有问题。

姓名：小麦
出生地：马儿多农场
年龄：13岁
理想：还没想好
口头禅：看来又有大任务啦！

姓名：小米
出生地：马儿多农场
年龄：16岁
理想：成为美食家
口头禅：这你就不懂了。

姓名：邢大福
出生地：凤城
年龄：12岁
口头禅：你怎么知道的？

第一章　夜半惊魂

1

为期六天的异国旅行结束，管小正一家终于要回国了。

旅行社订的回程要在昆明转机，而且是半夜转机。

昆明的这个季节很凉爽，飞机于晚上八点抵达春城，但他们转机时间有限，不能感受春城的美好，只能在机场里漫无目的地逛一逛。突然，管小正妈妈看到一队来自北京、穿着运动服的足球小将，他们的队旗上印着学校的名字。在异国他乡待了六天，这使她见到北京两个字就感到特别亲切，巧的是她竟然认识这所学校一位道德与法治课的老师。

管小正妈妈兴高采烈地找到了领队，提起那位即将生孩子的道德与法治课的老师，领队见她对学校的事情很了解，说得也没有差错，就与她寒暄起来。原来这些人是来昆明参加全国青少年足球比赛的。管小正妈妈说他们小小年纪就出来参加比赛很厉害，足球小将们也一个劲儿夸那位即将生孩子的老师课讲得好。

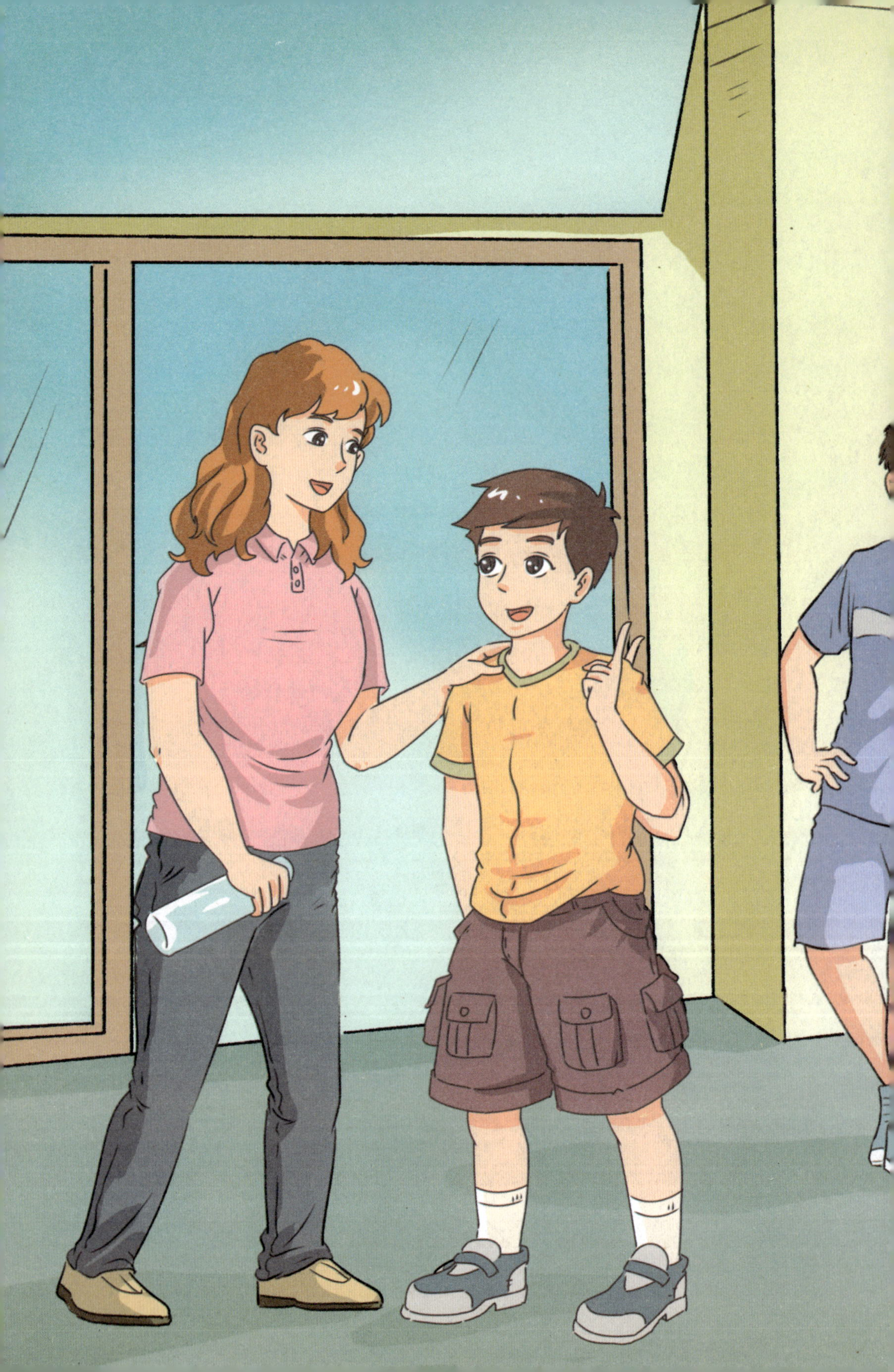

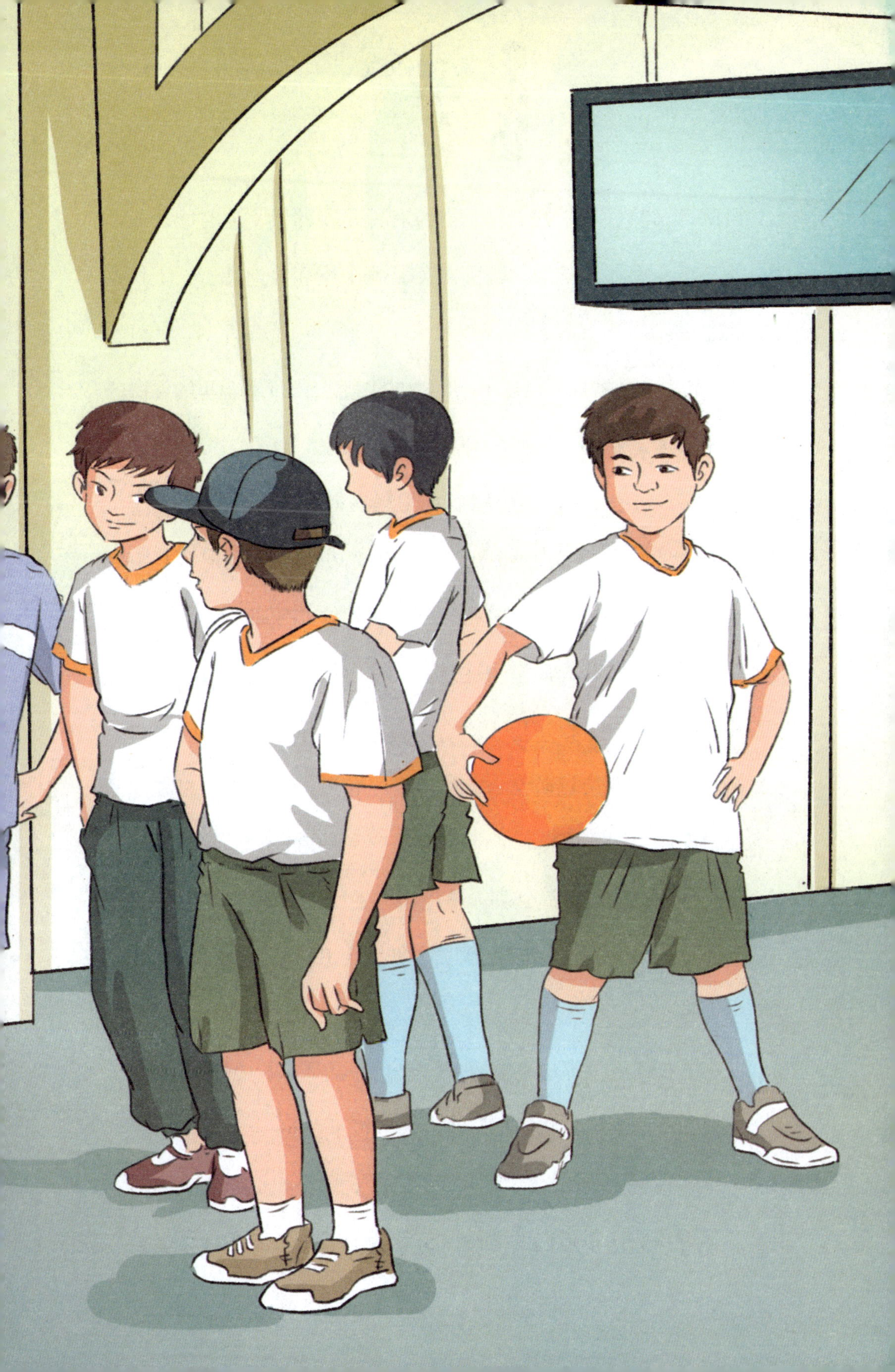

两队人马热聊了十几分钟，好像有说不完的话，但时间比较紧张，管小正一家还没吃饭，当务之急是找个餐厅填饱肚子，他们这才就此道别。

管小正一家匆忙找了家餐厅，以最快的速度扫光了餐盘里的食物。

走出餐厅，管小正妈妈发现手里的矿泉水一直没喝。"安检不允许带矿泉水进去，喝又喝不了，扔了怪浪费的。"管小正说。

小米突然看到了之前遇到的那几个足球小将，正在叽叽喳喳聊着什么，她冲管小正妈妈挤挤眼，管小正妈妈心领神会地大步走上前去，把那瓶没打开的矿泉水递过去："孩子，这瓶水没打开，安检不让带，送给你们吧。"

一个男孩正欲接过矿泉水，另一个男孩迅速地伸出手打在他的手掌上，说："你难道忘了老师说陌生人给的东西不能要吗？"

那个伸出手的男孩面红耳赤地把手缩了回来，藏在身后。

管小正妈妈说："你们看到了，我们认识你们的老师啊，我们是陌生人吗？"

又有男孩说："那也不能要！""对，就是不能要！"

"他们竟然不信任我们！"小麦懊恼极了。

"不，他们做得对。"管小正妈妈对足球小将们竖起大拇指，说，"尽管我们认识你们的老师，尽管我们看上去不是坏人，但坏

人又不会在脸上写着自己是坏人的字样,如果我是个坏人,如果这瓶水里加了什么东西的话,你们喝下去,后果可就不堪设想了。好孩子,出门在外,陌生人给的东西就是不能要。"她转身对自己家的三个孩子说:"我刚刚说的这番话,你们也要记住,明白吗?"

"明白了。"

管小正一家和足球小将挥手道了别,踏上归程。

抵达凤城机场已经接近凌晨两点。小麦的爸爸出差了,妈妈又不会开车,机场的末班大巴已于十二点收工,他们要么自己打车回家,要么在机场等到天亮再往家赶。

妈妈看到孩子们已经疲惫不堪,决定打车回家。她带着孩子们来到打车处,打出租车的人排了好长的队伍。小麦两手扶着行李箱,两只眼睛已经控制不住地合起来,打起了瞌睡。再看小米和管小正,同样倚着栏杆昏昏欲睡。妈妈看了看长长的队伍,看样子,再等二三十分钟都未必坐得上出租车,她自己也筋疲力尽,于是就从打车软件上约了个车。

很快有人接了单,然而附近客人较多,要十分钟后车才会开过来,又要等……哎,管小正妈妈感觉脑子里乱成糨糊,她正想带孩子们到一个稍微舒服点儿的地方站着等,忽然手机响了,接单的司机说路上比较堵,他让自己的弟弟来接管小正一家,并问道:"你们穿什么衣服？"管小正妈妈说了四个人的穿着特点后，对方挂了电话。

过了两分钟的样子，走过来一个"大长脸"，他靠近管小正妈妈，悄声问："是刚刚从网上约的车吧？我哥的车过不来，让我来接，一会儿从手机上结账就行。"

"这——"管小正妈妈无法判断"大长脸"的身份，有点犹豫了。

"你看，这是我哥的手机号，刚刚他就是用这个号码跟你联系的吧？""大长脸"把手机通话记录找出来给管小正妈妈看，又继续说，"别等了，出租车队伍这么长，一时半会儿也排不上，我哥的车又过不来，就坐我的车吧。"

"那好吧。"管小正妈妈把自己和"大长脸"手机通话记录里的电话号码进行了对比，确定"大长脸"手机通话记录里的电话号码就是接单司机的。

"跟我走吧，你们要是能找到一起拼车的，我还能再减二十块钱。""大长脸"边走边四下张望。

"难道还有多余的座位吗？"管小正妈妈问。

"有啊，我的车是商务车，最后排还能坐三个人。"

"可是我约的不是拼车，也没有其他同伴了。"管小正妈妈说。

"没有就算了,车停在机场附近了,走五分钟就能到。""大长脸"步履匆匆走在前面。

"我们快点上车走吧。"管小正妈妈看着深深的夜色,赶紧领着三个孩子跟着"大长脸"往前走。

"行,跟上我。"

管小正一家跟在"大长脸"后面急匆匆地走了十来分钟,小麦又累又困,不停地问什么时候才能到。"大长脸"说:"快了快了,马上到。"

夜色昏暗,周围的灯光也越来越弱。管小正妈妈越走越心慌,催问:"还有多长时间?"

"就在前面。""大长脸"用手朝前一指,那儿果然停了一辆商务车,"快上车吧。"

管小正妈妈把小米安排在第二排最右边,把小麦安排在中间,紧接着惊讶地说:"咦,小正怎么不见了?"

"我在这儿呢。"管小正从车后面钻出来,"刚才我鞋带松开了。"

"车后面不安全,万一司机没看到,撞着你可就麻烦了。"管小正妈妈皱着眉头说。

"我知道了,我知道了。"管小正吐了吐舌头,做了个鬼脸,

8　"智多星管小正"
青少年系列
法治安全
小说

还好天黑，又背对着妈妈，妈妈看不到。

管小正打开最左侧车门，坐在了司机后面。看儿子坐稳了，管小正妈妈才快步走至副驾驶座位坐好。

"到马儿多农场挺远的呢，要是路上能再拉个客人就好了。""大长脸"不知是自言自语还是说给管小正妈妈听。

车子启动了，三拐两拐，驶出了机场，眼看要驶入高速公路，突然车子拐了个弯，走上一条黑咕隆咚的路，四周乌漆墨黑的，什么都看不见，每走一段就颠簸几下，路况非常不好。

管小正妈妈打开手机导航，发现车子并没有按导航设计的路线走。她着急地问："司机师傅，您要去哪？怎么走上小道了？"

"我刚说过最好能再拉个客人，小道没准能碰到客人呢。再说，高速的过路费太贵了，还是走小道吧。"

管小正妈妈说："都这么晚了，我们还是按导航走大道吧。"

"大长脸"说："不行的，拉你们这几个人根本不够成本，我这是商务车，耗油高，把人拉满才能赚钱。再说，大道正在修路呢，我这是抄近路。"

管小正妈妈越来越担心，她想起了之前新闻报道的坐黑车被拦、被抢、被杀的恶性事件，头皮一阵阵地发麻，她一个人倒也罢了，关键是后面还坐着三个孩子呢，这可怎么办啊？

2

"啊——"管小正冷不丁在"大长脸"身后打了个哈欠，吓得他打了一个激灵。

"叔叔，你开的这算黑车吧？"管小正问。

"小孩怎么这么多话。""大长脸"厌烦地说。

"叔叔，你怎么不让我说话呢，我刚刚睡着了，但被崎岖不平的路给颠簸醒了，我就想问问，咱们现在是在什么地方？"管小正委屈地说。刚才他确实睡着了，也确实被颠簸醒了，他望着窗外，觉得有些诧异。

"你就老老实实坐着吧，肯定没有问题的。""大长脸"说。

"咦，阳光旅社，这么晚了还有营业的旅店啊，妈，咱们干脆住在旅店里吧，这家阳光旅社看起来还挺像样的。"管小正看到路边的旅店亮着灯，灯箱上面写着"阳光旅社"四个字。

"住什么住，咱们要赶紧回家。师傅，你就走大路吧。"管小正妈妈急切地说。

"现在已经绕了道，你们还想回大路？我得再去接两个熟人呢。""大长脸"说。

"我约车的时候可没约拼车，你现在又要拉其他人，这怎么行？"管小正妈妈拉下脸来，说话的语气也变了。

车子继续往前开，"大长脸"说："多拉几个人不是能少让你们花点钱嘛。"

"我们不用少花钱，就按我约车定的价格付钱就行了。"

"咻——"大长脸踩了刹车，管小正他们没有提防，身体突然往前倾去。"可是我想多挣点钱啊。""大长脸"在路边停下了。

"哎，你怎么停车了？"管小正妈妈正问着呢，只见后排的车门打开了，两个彪形大汉站在车外，其中一个问："怎么这么晚？"

"活儿不好拉。""大长脸"答。

两个人逐一上了车，管小正妈妈着急了："怎么回事，怎么突然有人上车？"

"大姐，黑灯瞎火的不好打车，就拉他们一程吧。""大长脸"说。

管小正妈妈见两人已经上了车，只好叹了口气说："那快开车吧。"

管小正用眼睛的余光打量着这两个人，发现其中一人在上车时看到正在熟睡的小米，脸上露出诡异的笑。管小正心想：不好，他们可别打坏主意。想到这里，他攥起拳头，做好跟他们斗智斗勇的准备。

这两人一上车，车上便有一阵酒气袭来。管小正妈妈嗅了嗅，闻出两个人喝了酒，从他们和"大长脸"的聊天中基本能判断他们是认识的。这使她原本就紧绷的神经更加敏感了。

"你接的这是刚下飞机的吧？"两个彪形大汉在最后排落座，其中一个人问。

"大长脸"回了声"嗯"，又接着发牢骚，"就接了这一个活儿，没有拼车，也就能勉强把油钱挣出来。"

"没有拼车就没拼车吧，这不车上还有好几个人嘛。"另一个人醉醺醺地念叨。

"就是，我看还有两个小姑娘呢。"刚刚对着熟睡的小米露出诡异笑容的彪形大汉醉醺醺道。

这话在管小正妈妈听来格外刺耳，后面的两个人莫不是打起小米和小麦的坏主意吧。

"司机，到前面找个大路口，我们下车。"管小正妈妈紧张极了，手心里全是汗。

"别着急，下什么车啊。"

"就是，这儿黑乎乎的，你们也不怕遇到坏人。"

两个彪形大汉接上了话茬儿。

"到前面找个大路口，我们下车吧。"管小正妈妈再次强调。

"大路口要走很远的,你们就等着我送回去吧。""大长脸"说。

车外是呼呼的风声,路边都是些一人多高的玉米地,显得格外阴森,管小正妈妈的心都提到了嗓子眼儿。

"到前面找个大路口,我们下车吧。"管小正妈妈继续重复道。

"真麻烦,这深更半夜的,要是出点什么事可就不太好了吧。""大长脸"压低了声音,听起来很是恐怖。

"那我们也要下车!"管小正妈妈坚决地说。

"前面几百米有个小路口,你们到那儿下吧。""大长脸"不耐烦地说。

"小路口不行,即使路远也要开到大路口。"管小正妈妈跟"大长脸"继续沟通。

"行行行,你们再这么唠叨干脆现在就下车吧,我不拉你们了,前面有个小路口,你们爱下不下!"

"你必须把车开到大路上,我已经拨打了110,你这辆车已经被警方定位并实时监控了,你必须把车往宽敞的大路上开!"一直默不作声的管小正厉声道。

"哟,小子,还敢忽悠我们。"后面的彪形大汉醉醺醺地伸出两只手掐住了管小正的脖子。

"呀，你……你放开我……"管小正在座位上挣扎着。

"你放开他！"管小正妈妈也急了，摸到驾驶座和副驾驶座中间搁着的一只保温杯，抓起来就扔向后座的彪形大汉。

那保温杯不偏不倚砸到了彪形大汉头上，他"哎哟"了一声松开了掐住管小正脖子的手，紧接着又叫道："谁咬了我一口？"

"哎呀！"另一个彪形大汉也叫起来，"谁抓了我的脸？"

"你们都住手！""大长脸"猛地踩了刹车，车骤然停了，车子停下的速度太快，把管小正手机上的耳机扯掉了，他回头问管小正，"你报警了？"

"咳咳咳……"管小正的脖子被掐得难受，"当然，刚才的经过，110都记录下来了，你们要不要听听110怎么说？"管小正咬着牙，义正词严地说着。他把手机从右腿旁边拿了起来，手机屏幕亮着，在昏暗的车里尤其显眼。他按下免提键："你的车已经被警方定位并实时监控了，我命令你必须把车往宽敞的大路上开，并务必保证车上人员的安全！"

"大长脸"不作声，后排的两个彪形大汉也不说话了，车里太暗，没有人看到他们脸上都是什么神情。

3

车里的空气像是凝固了一样，但酒气越来越浓。

"小朋友，你开玩笑的吧，我只是顺路接了两个朋友，你们何必报警呢！""大长脸"开了腔。

"就是，我们又不是坏人，只是顺道搭个车。"彪形大汉说道。

"你闭嘴吧！""大长脸"呵斥道。

"后面的两个人醉了,但我相信司机师傅你没喝酒吧,你应该是清醒的。现在我们报了警,后果怎么样你应该很清楚,到前面的大路口把我们放下吧。"管小正妈妈镇定地说。

"大长脸"没吱声,发动了车子。车子大概前行了两公里,拐上了一条大路。

车子停下了。

"你们下车吧。""大长脸"冷冷地说。

"兄弟,你就这么让他们下车了,我这让人咬了一口算谁的?"

"还有我的脸!"

两个彪形大汉在车上连连跺脚,直埋怨"大长脸"让管小正一家四口下了车。

待四个人都下了车,管小正第一时间从口袋里掏出手机,对着耳机的话筒说:"接线员姐姐,谢谢你,我们下车了。"

"你真的报警了?"管小正妈妈问。

"当然是真的。"管小正把手机拿到妈妈眼前晃了晃。

"既然危机解除,我就通知不用出警了,你们赶紧再打一辆车,电话你不要挂,打上车,到了家再挂。"110接线员嘱咐道。

"谢谢您!"管小正真诚地说。

"太感谢您了,我一开始以为我儿子只是情急之下说报了警吓唬那个司机的,没想到是真的拨打了110,给您添麻烦了。"管小正

妈妈拿过电话，对接线员表示了感谢。

"这是我们应该做的，这个孩子很机智，您赶紧再打一辆正规的出租车早点儿回家吧。"接线员说。

"好。"管小正妈妈又重新约了一辆车，这次她设定了车辆要求，只准正规的出租车接单。好在有人接单了，但要等十分钟左右。趁着出租车还没来，管小正妈妈把打车过程中的详细情况一五一十地告诉了接线员。

现在他们虽然是在人路口，也有路灯，但周围仍旧寂静得可怕，偶尔飞过的猫头鹰，落在枝头上叫几声，更为这深夜增添了恐怖色彩。但因为电话那头有110接线员的陪伴和安慰，这才使他们不那么恐慌，只不过刚刚的经历还是让他们心有余悸。

大约十分钟后，出租车开了过来。他们依次上车，向马儿多农场出发。

这次回来的行程谁也没有告诉爷爷，免得让爷爷惦记。为了避免三更半夜回家吵到爷爷，管小正妈妈直接让出租车开到了小麦家门口。车一停下，他们就听到"克噜——克哩——克哩"的叫声，是然鹅，它竟然没睡，在等小主人们回家。

大门打开了，小麦的妈妈迎上来，小麦一下子打开车门跳下车，扑进妈妈的怀抱叫着："妈，我们回来了。"

"赶紧进屋。"小麦的妈妈搂着小麦，张罗着其他人下车。

管小正最想念然鹅，他打开车门跳下车，先循着声音找他的老伙计，见到然鹅，一把抱过来，轻轻摸着它的羽毛表达自己的思念。

"感谢您，我们已经安全到家了，您辛苦了，谢谢！"管小正妈妈对着手机那头的110接线员连连感谢。

"这都是我们应该做的，再见。"接线员说。

"再见。"管小正妈妈挂了手机。

管小正看了看手机上的时间，凌晨三点十五，又看了看通话时间，惊叫道："接线员姐姐护送了我们五十六分钟。"

"要不是亲身经历，我还真不敢相信有这么温暖又感人的事情。"小米动情地说。

"你们说什么呢？"小麦的妈妈看出四个人又疲惫又惊慌的神情，疑惑地问。

"妈，你是不知道发生了什么，真是吓死人了。"小麦顾不上放行李，赶紧汇报情况。

小麦把打车的来龙去脉一五一十地说清楚，吓得她妈妈的脸煞白，嘴里直念叨："还好有惊无险。"

管小正妈妈、管小正、小米把行李箱往角落里一放，瘫坐到沙发上，也加入了聊天的行列。

"你们三个一上车不是睡着了吗？"管小正妈妈问。

"坐了那么长时间的飞机，又折腾了那么久，我一坐到车上就

睡着了，后来让那条坑坑洼洼的路给颠醒了。"管小正说。

"你是什么时候拨打的110？"妈妈问。

"在你和'大长脸'据理相争的时候啊。"管小正答。

"手机有亮光，你不怕'大长脸'发现？"小米问。

"我坐在'大长脸'后面，再说，小麦用裙子给我挡着呢。"管小正冲小麦眨眨眼，两人默契地击掌以示合作愉快。

"小麦没睡着？"管小正妈妈越来越觉得孩子们机智了。

"我装的，从那个'大长脸'司机把我们拉到小路上，我就在想，看来要有大事发生了，我一定要打起精神来应战。怎么样，我和小正配合得天衣无缝吧？"小麦睡意全无，精神抖擞地说。

"对，奥斯卡欠你俩两座小金人。"小米嬉笑着说。

"为什么？"小麦傻呵呵地问。

"笨，这都听不明白，夸咱俩是最佳演员呢。"还是管小正最能领会小米的意思。

"哦。"小麦恍然大悟。

"那你不怕'大长脸'听见110接线员说话啊？"管小正妈妈还是有些担心。

"我戴着耳机呢，只要我没有直接跟接线员对话，'大长脸'就不会怀疑。"接下来，管小正给大家讲述了他打通110后发生的事：

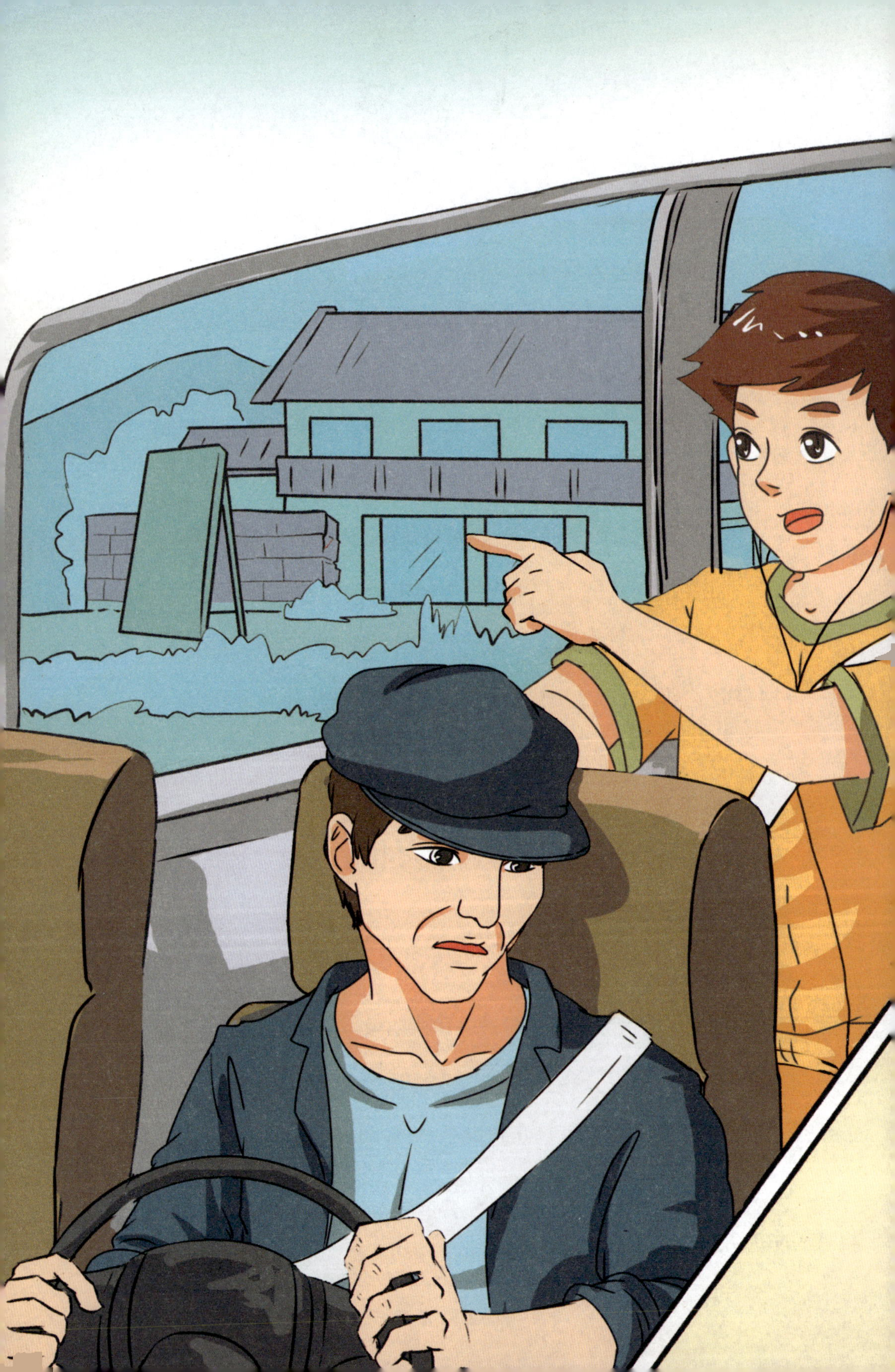

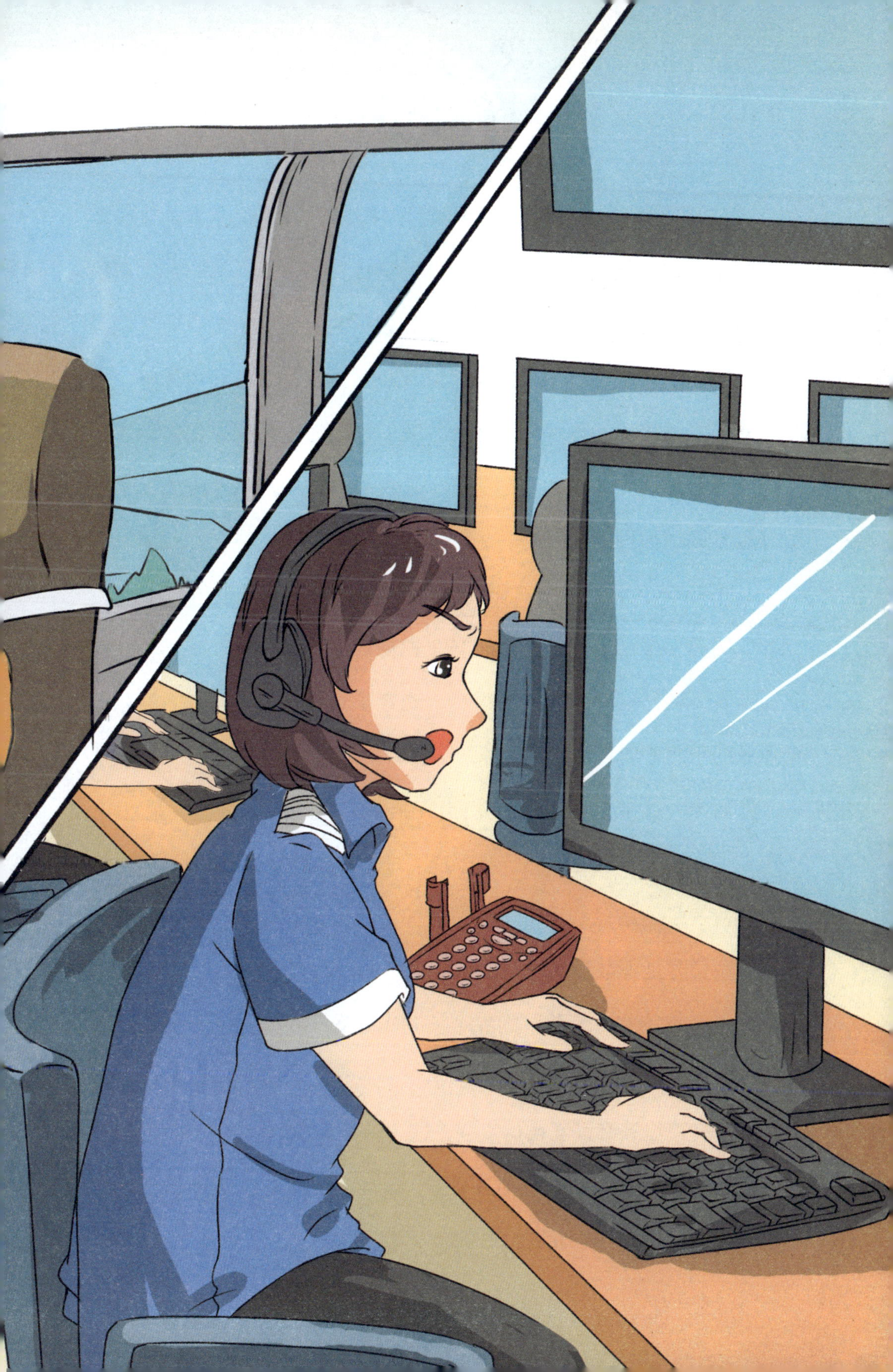

110接通后，为了避免"大长脸"起疑，管小正没有跟接线员一问一答，而是问"大长脸"他开的这算不算黑车。黑车这个词很敏感，一下子引起了接线员的注意，她很快意识到这是一通不能明着报警的报警电话，于是冷静地对管小正说："孩子我说你听，你不要回答我的话，你现在不要慌，我们马上通过手机查找你们的定位，同时你们要多注意路标路牌，发现醒目的标志就念出来，我们好赶紧确定你们的位置。"

正好管小正看到了"阳光旅社"四个字，他赶紧把"阳光旅社"的名字报了出来，这也相当于把他们的位置告诉了接线员。接线员告诉他已经跟派出所联系了，确定了管小正所坐的车的位置在凤城的东北方向一带，嘱咐他们不要着急。

后来"大长脸"要把他们扔在路上，接线员果断地对管小正说："你转告司机说你们已经拨打了110，这辆车已经被警方定位并实时监控了，请他必须把车往宽敞的大路上开。你放心，他们听到这番话暂时是不敢乱来的。"

再后来，"大长脸"的那个急刹车让管小正扯掉了手机上的耳机线，于是，管小正干脆打开了手机免提，由接线员把这番话说给司机，并让他务必保证人员安全，这才转危为安。

"后座上的两个人说是被抓了，被咬了，这是怎么回事？"管小正妈妈总觉得有些事情想不明白。

"我用指甲抓了掐管小正脖子的人，我下手可狠了，估计得留几道伤。"小麦骄傲地说。

"我咬了另一个人的胳膊。"小米说，"那人反手给了我一拳，打得我眼冒金星。"

"你也没睡？"小麦疑惑地看着小米，"我明明看着你仰头睡得那么香。"

"演戏谁还不会啊！哈哈，但是关键时刻，我们要齐上阵啊。"小米咯咯笑起来。

"奥斯卡也欠你一座小金人。"小麦戏谑地说。

"他要是敢侵犯我，我就说我得了传染病，这次出国是为了治病，看他们还敢不敢打我的主意。"小米说。

"那我就继续说，求求你们，我姐姐的病特别严重，求求你们多让我姐姐活几天吧。"管小正配合小米沉浸在剧情当中继续演。

"就咱们这么一编，还不得把那三个人吓得丢了魂啊。"小米对这出戏很是满意。

"别说了，我看你们是戏精附体了吧。"小麦的妈妈制止了这场编造大会。

"我还真是低估了孩子们的智商。"管小正妈妈连连点头，佩服地说。

4

夜半惊魂过去了,四个人昏睡到中午十一点。管小正饿醒了,他跑到另一个房间把妈妈推醒:"妈,我们是不是要电话投诉那个司机啊?"

"是要投诉的,但我现在还困着呢。"管小正妈妈揉了揉眼睛,声音含糊不清地说。

"投诉要趁早,你赶紧起床投诉吧。"管小正又推了推她。

"好吧好吧,我这就起床。"管小正妈妈被儿子吵得没了招儿,不耐烦地从床上爬了起来。

在和客服人员电话沟通中,管小正妈妈申明了四点:第一,车不是原来预约的车,而是换了另一辆车,这涉嫌平台接单再用其他的车接人;第二,明明约的不是拼车,司机却又半路上接了两个人;第三,司机不按导航行驶;第四,司机威胁乘客。

客服人员表示,公司的企业文化是文明礼貌、关系平等,他们会跟司机沟通,尽快给答复。

管小正妈妈问:"尽快是多快?十二小时以内吗?"

客服回答:"可以的。"

下午两点,管小正妈妈接到了客服人员的电话,他们表示网约车的司机和后来实际接人的司机意识到自己的问题,愿意赔偿一百元打车优惠券。

"我不要任何赔偿。"管小正妈妈断然拒绝,"据我所知,约车平台是禁止司乘双方侮辱和骚扰行为的,一旦出现,将对司机永久封号处理,还要在第一时间配合公安部门的调查工作。我现在的主张是对我预约的那辆车和后来实际接我的那辆车做永久封号处理。"

"您能提供一下后来接您的车辆的车牌号吗?"客服问。

"这个,我当时没记下来。"

"我有,车牌是鲁C×××××。"管小正抢过妈妈的手机,两只眼睛盯着自己的手机屏幕跟客服人员说。

"您是?"

"我是乘客之一,也就是这位女士的儿子。"管小正快速地回答。

"好的,您提供的这个车牌我们会记录下来的,后续的处理结果,我们会在十二小时以内尽快给您答复。"

"好。"挂了电话,管小正妈妈追问儿子,"你是怎么知道车牌号的?"

管小正露出神秘的笑容:"还记得上车时我在后面磨蹭吗?你问我人呢,我说我鞋带松开了。其实我鞋带没松开,我是在用手机拍车牌号码呢。"

"真有你的。"

母子俩说着笑着,突然管小正妈妈的手机响了,几条短信一下

子塞了进来:"你们这是要断了我的财路啊。""要是敢再投诉,我就上门找你们算账。""你们等着,活不过明天。"管小正妈妈一一查看,都是侮辱威胁短信,那个手机号不是平台上的网约车司机的号码,也不是"大长脸"的手机号。

"这些短信肯定跟这次打车有关系。"管小正妈妈暂时没有证据,但也能猜出几分。

过了一小会儿,小麦的妈妈打电话回来,说是凤城的论坛里出现了管小正妈妈的手机号和他们在马儿多农场的家庭住址,论坛里有人抹黑事实,说是他们打车不给钱还打电话投诉;"键盘侠们"只听一面之词,有人竟号召网约车司机打电话攻击和"人肉"搜索管小正一家;有人搜索到管小正妈妈的职业是记者,把她的单位和地址都贴到了网上,后面竟有人留言说"记者了不起吗""记者就应该欺负司机吗"……这一举动彻底激怒了管小正的妈妈,她果断地拨打了110。

"我们也可以'人肉'他们啊。"小麦恼怒得很。

"那不行,虽然通过某些软件能查到一个人的个人信息和生活轨迹,但是这样做的话,我们跟他们有什么区别?我们现在要做的是报警,接下来等着法律来处置他们。"管小正妈妈十分沉着地说。

警方根据管小正妈妈提供的线索找到了网约车司机和"大长脸",短信和论坛里的抹黑、"人肉"搜索都是他们干的,他们担心以后不能再从事网约车业务,所以威胁管小正妈妈不要再投诉,没想到她报了警。

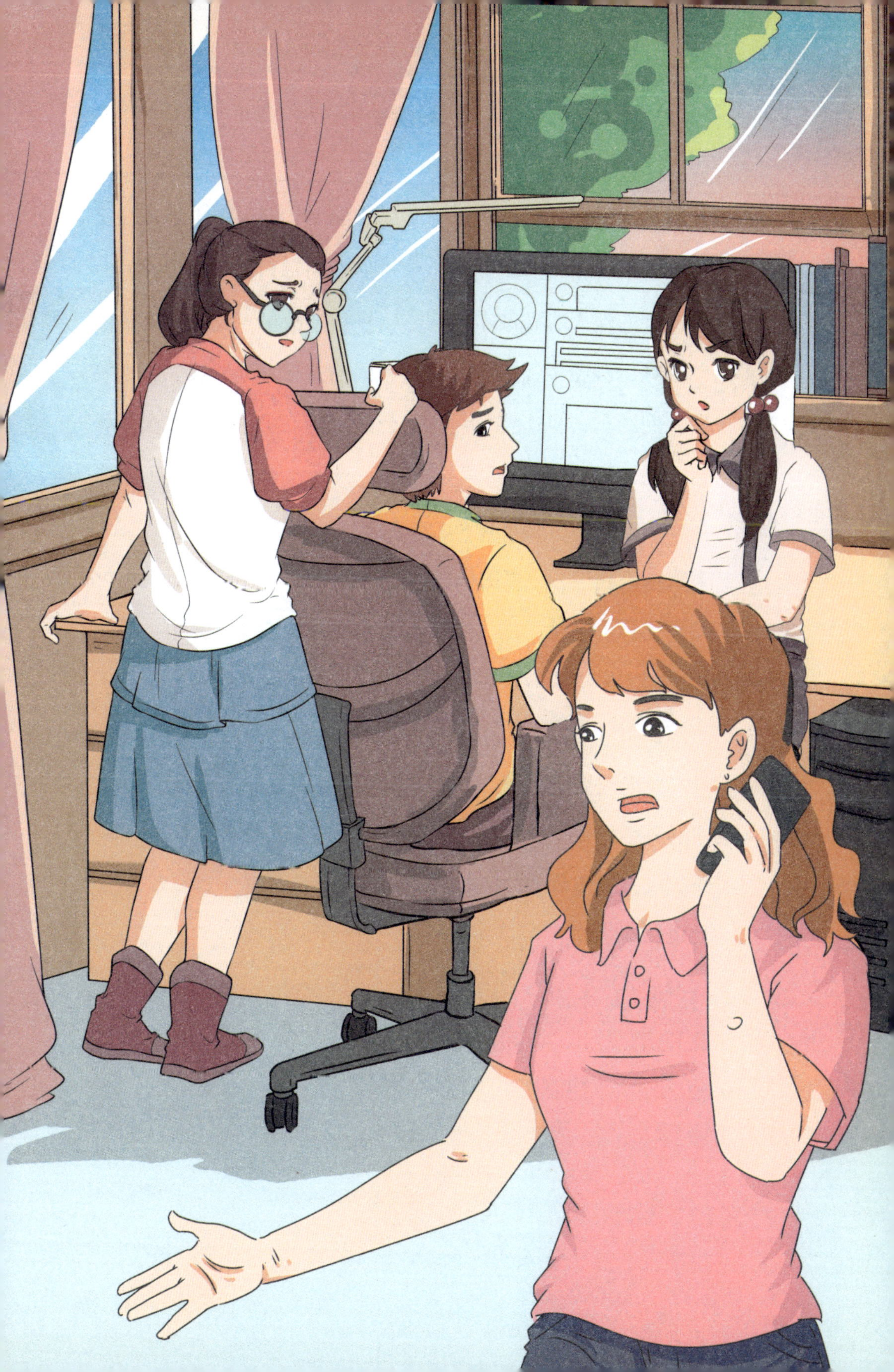

事情清晰明了，处理结果也出来了：网络平台的负责人删除了不实的信息以及管小正妈妈的隐私信息；网约车司机和"大长脸"将"人肉"到的他人隐私散布到网上，还捏造故事，给当事人造成了不良的影响，触犯了《中华人民共和国治安管理处罚法》，面临行政处罚；网约车司机违背了约车平台的宗旨，平台给予永久封号和永久封人的处理；"大长脸"虽然不是约车平台的司机，但未来将永久不得从事网约车业务。

"大快人心啊！"小麦的妈妈说。

"遇到这样的事情不能太偏激，还是要按法律法规办事。"管小正妈妈说，"你说是不是啊，小麦？"

"小婶说得对，遇事情还是要冷静。"小米点头道。

"冲动是魔鬼啊，小麦。"管小正像小大人一样念叨着。

为了转移话题，小麦捂住肚子说："哎呀，我饿了。"

"今天人多，咱们包饺子吃吧。"小麦妈妈建议。

"好嘞，我和面。"

"我擀皮。"

"我和馅。"

……

小正笔记

长知识

打车时的注意事项

1. 不要打黑车。不管多么累多么赶时间，都不要打黑车，因为黑车司机往往利用乘客的着急心理漫天要价，还有可能危及乘客安全。

2. 如果是网约车，约的是一辆，来的却是另一辆，一定要果断拒绝。

3. 女孩子不要坐副驾驶座，这是因为副驾驶座逃生的渠道只有右边一个车门，而后排的逃生渠道是左边和右边两个车门。

4. 女孩子打车，上车后不要讲太多话，尤其是涉及家庭情况、学校情况等隐私的内容更不能讲。

5. 如果半路司机要求接其他乘客，一定要严词拒绝，因为你无法确定上车的人是不是坏人。

6. 一定要记住车牌号码，上车后把车牌号码发给家人朋友。万一遇到司机图谋不轨，一定要机智应对，比如找理由拖延时间，比如暂时服软以求不惹怒对方，关键是要寻找机会报警求助，像我就是趁司机不防备的时候及时报了警。

7．上车后不要睡觉或者玩手机，因为睡觉或玩手机容易忽略了车外的环境和行驶路线，容易给坏人以可乘之机。要提高警惕，发现情况不正常立即提出来，并马上打电话告诉亲人朋友你所在的位置和当时的情况。若司机还是继续开车，可摇下车窗，向窗外的行人和车辆大声呼救。若车窗被司机锁上了摇不下来，要寻找时机下车寻求路人的帮助或者快跑。注意千万不要在车速过快的时候跳车，那样做很危险。

8．深夜出行是很危险的，尤其是女孩子，要加倍提高防范意识，生命至上，安全第一。

9．要求司机按照导航路线行驶，不要听信司机的"抄近路""修路"等说法，以免被带到偏僻无人的地方，遭遇不测。

什么时候能拨打110

110是公安报警电话，什么时候能拨打呢？公安部《110接处警工作规则》有着明确的规定：

第十四条　110报警服务台受理报警的范围：（一）刑事案件；（二）治安案（事）件；（三）危及人身、财产安全或者社会治安秩序的群体性事件；（四）自然灾害、治安灾害事故；（五）其他需要公安机关处置的与违法犯罪有关的报警。

第二十九条　110报警服务台受理求助的范围：（一）发生溺水、坠楼、自杀等状况，需要公安机关紧急救助的；（二）老人、儿童以及智障人员、精神疾病患者等人员走失，需要公安机关在一定范围内帮助查找的；（三）公众遇到危难，处于孤立无援状况，需要立即救助的；（四）涉及水、电、气、热等公共设施出现险情，威胁公共安全、人身或者财产安全和工作、学习、生活秩序，需要公安机关先期紧急处置的；（五）需要公安机关处理的其他紧急求助事项。

第三十四条　110报警服务台受理投诉的范围：公安机关及其人民警察正在发生的违反**《中华人民共和国人民警察法》、《公安机关督察条例》**等法律、法规和人民警察各项纪律规定，违法行使职权，不履行法定职责，不遵守各项执法、服务、组织、管理制度和职业道德的各种行为。

对于那些随意拨打110的行为，公安部**《110接处警工作规则》**第二十一条规定：对谎报警情或者拨打骚扰电话的，应当根据有关法律法规予以查处。

《中华人民共和国治安管理处罚法》第二十五条规定：散布谣言，谎报险情、疫情、警情或者以其他方法故意扰乱公共秩序的，处五日以上十日以下拘留，可以并处五百元以下罚款；情节较轻的，处五日以下拘留或者五百元以下罚款。

110是生命线，请勿无效占线！请让警力资源用在那些群众真正需要的、危及群众生命财产安全的重大警情上。

知法小·达人

《中华人民共和国治安管理处罚法》

第四十二条 有下列行为之一的，处五日以下拘留或者五百元以下罚款；情节较重的，处五日以上十日以下拘留，可以并处五百元以下罚款：

（一）写恐吓信或者以其他方法威胁他人人身安全的；

（二）公然侮辱他人或者捏造事实诽谤他人的；

（三）捏造事实诬告陷害他人，企图使他人受到刑事追究或者受到治安管理处罚的；

（四）对证人及其近亲属进行威胁、侮辱、殴打或者打击报复的；

（五）多次发送淫秽、侮辱、恐吓或者其他信息，干扰他人正常生活的；

（六）偷窥、偷拍、窃听、散布他人隐私的。

《中华人民共和国网络安全法》

第四十二条 网络运营者不得泄露、篡改、毁损其收集的个人信息；未经被收集者同意，不得向他人提供个人信息。但是，经过处理无法识别特定个人且不能复原的除外。

网络运营者应当采取技术措施和其他必要措施，确保其收集的个人信息安全，防止信息泄露、毁损、丢失。在发生或者可能发生个人信息泄露、毁损、丢失的情况时，应当立即采取补救措施，按照规定及时告知用户并向有关主管部门报告。

第四十四条 任何个人和组织不得窃取或者以其他非法方式获取个人信息，不得非法出售或者非法向他人提供个人信息。

第七十四条 违反本法规定，给他人造成损害的，依法承担民事责任。

违反本法规定，构成违反治安管理行为的，依法给予治安管理处罚；构成犯罪的，依法追究刑事责任。

读书感悟

第二章 利奇马来了

1

八月初,尽管天气仍旧闷热,知了还在树梢上叫嚣,但似乎气数将尽,叫得有点嘶哑无力。

屋后不知谁家养的公鸡,天不亮就开始打鸣,管小正的妈妈对此很不解:"都什么时代了,公鸡还停留在半夜鸡叫的时代。"

爷爷并不厌烦公鸡天不亮就练嗓子,他年纪大了,起得早,一听到公鸡打鸣就起床。管小正醒来时爷爷正坐在马扎上,对着满院子的蔬菜瓜果看报,院子南端的玉簪开了一朵一朵白色的花,洁白得耀眼,散发着淡淡的香气。

大概上了年纪的人起得都早,爷爷走到大门口,迎面看到张老二他爹,两人东家常西家短地拉起了呱儿。

下午两点钟的时候,天空开始下雨。

这雨稀稀拉拉地一点点下着,忽而大一些,忽而小一些,一阵一阵地还刮起了大风。新闻上说台风就要来了。管小正以前并不知

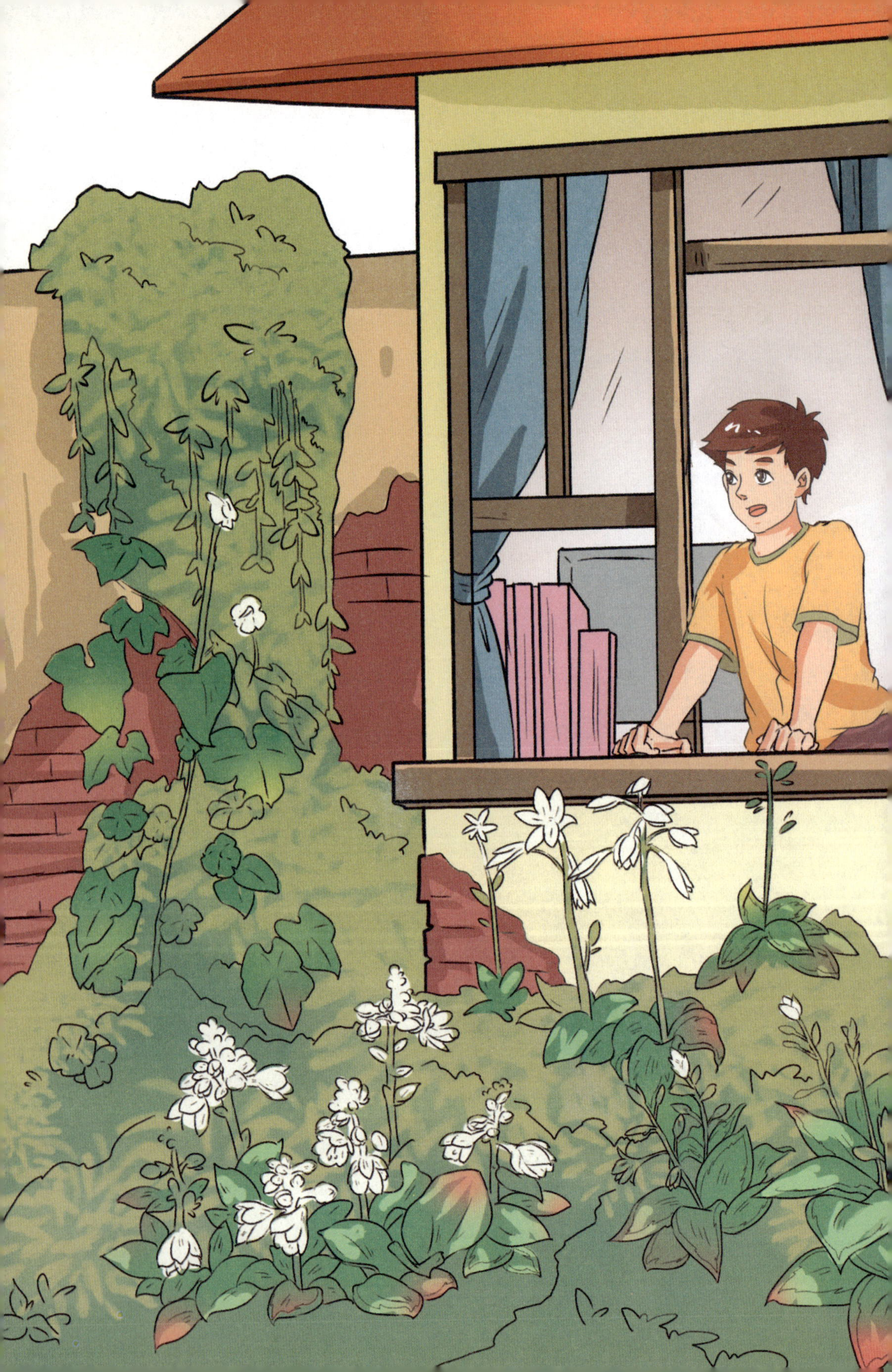

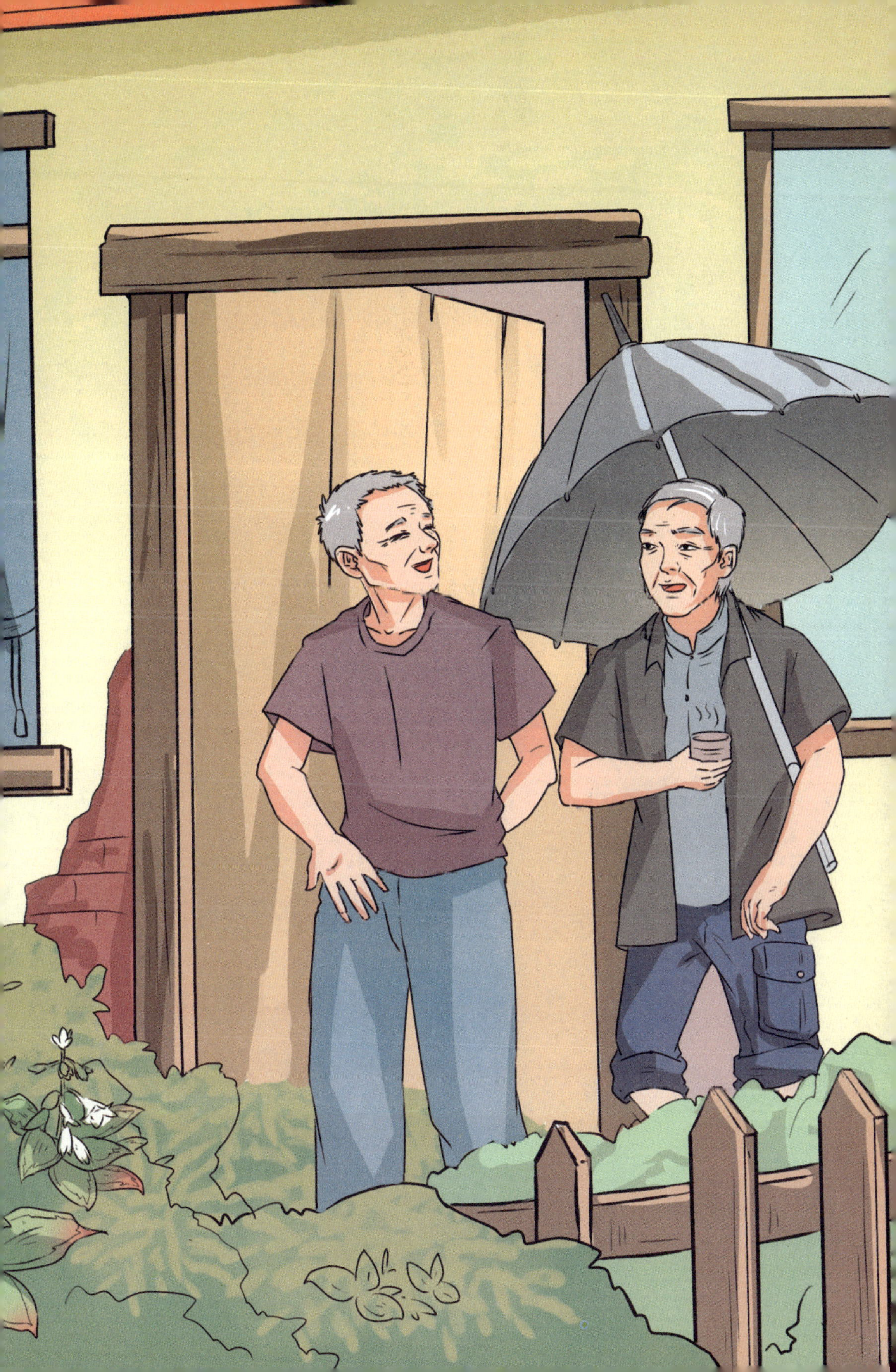

道为什么每年八月初马儿多农场都会有那么几天的狂风暴雨，上学后才知道，这种恶劣天气是受台风的影响。

爷爷腰里别着随身携带的收音机在收听天气预报，气象部门建议：浙江、上海、福建、江苏、山东等地迅速落实各项防台风预案，提前组织船只回港避风、海上作业人员及近海养殖人员上岸避险。涉海、涉岛和山区旅游景区需及时关闭景点，严防台风可能引发的城市内涝、中小河流洪水、山洪、地质灾害等，及时转移危险地区群众。东部海域航行或作业船只应绕行或回港避风，海上平台作业人员应提前撤离，沿海地区需加固港口与渔排等设施。公众应尽量避免在台风影响期间外出。

台风从南一直往北，马儿多农场离海有一百千米，这些年没发生过太大的自然灾害。

"新闻上说萨其马要来了？"小麦顶着连绵不绝的细雨跑回家。

"什么？萨其马？"小米正在做蛋挞，她一直很想做出美味的萨其马，却从来没有成功过，但这并不影响她对制作美食的热爱。况且她还有了忠实的粉丝，除了小麦和管小正，然鹅可以说是最忠实的铁杆粉丝了，它总是在小米准备食材的时候就来回转悠，眼巴巴地盯着小米忙东忙西，妥妥的一枚"吃货"。

"不是萨其马，是利奇马吧。"管小正纠正道。

"对对，我说错了。"小麦捂住了嘴巴，"不过你听听台风的

名字，什么莲花、蝴蝶、山竹、杨柳、天鸽，台风的名字为什么可盐可甜可文艺可神话？谁给它们起的名字？"她从没捂紧的嘴巴缝里抛出了问题。

"这你就不懂了吧，起名要趁早，台风的名字在他们还没'出生'时就已经起好了，就跟刚一出生的宝宝似的，得起好名字上户口，不然谁知道是谁家的小孩，谁知道是哪里的台风！"小米给烤箱设定了时间，煞有介事地说。

"听起来挺有意思。"管小正放下手里的书，洗耳恭听。

"西北太平洋是台风的高产地区，每年登陆我国的台风就有六七个呢！很多年以前，西太平洋周边的国家和地区对出没的台风叫法不统一，引起了一些混乱，所以世界气象组织给亚太地区14个成员国或地区提供了有140个名字的命名表。"小米搬了把椅子坐上去娓娓道来。

"那名字用完了呢？"小麦问。

"从2000年1月1日起，按顺序，年复一年地循环重复使用，所以不会用完啦。不过台风的名字也不会被永久使用，当一个台风对某个或多个国家和地区造成了重大灾情，遭遇损失的成员国家可以向世界气象组织提出申请，将这个台风永久除名。"小米继续讲着。

"哇，还有这种操作？"管小正吃惊地问。

"谁让它带来灾情了呢。给咱们国家造成重大损失的2005年第19号超强台风'龙王'后来改名叫'海葵'了，2013年第30号台风'海燕'改名叫'白鹿'了……数据显示截至2016年，已经对近30个破坏性大的台风给予了除名。"

"'台风界'真是纪律严明啊。"小麦吸了吸鼻子，望向烤箱，那里面已经飘出好闻的蛋挞香，"要是我们人类也能把那些给人类带来灾难的坏人开除出'人类界'就好了。"

"把坏人开除出'人类界'，让他们去哪儿？"管小正可不认为这是个好建议。

小米打开烤箱，香气顿时溢满房间，她戴上厚厚的手套，把烤蛋挞的盘子拿了出来。"好了，蛋挞熟了，待会儿然鹅要不要也吃一个？"

然鹅早就做好了享用美食的准备，正昂着脖子等着小米的打赏呢！

2

三个孩子一边吃着蛋挞，一边你一言我一语地聊着天。

"啪啦啪啦"，窗外的雨忽地大起来，大雨点子打在房顶上，风也来肆虐，把院子里的黄瓜架丝瓜架吹得东倒西歪，天空中打了几个闪电，紧接着劈下雷，吓得小麦赶紧往被子里钻。

小米爸妈被风雨挡住了下班之路，懂事的小米忙碌地做起了午饭，管小正则跑回了爷爷家，他要回爷爷家看看院子里的那些菜有没有被狂风暴雨摧毁。爷爷正望着院子叹气呢："这雨要是小点儿就好了，风也再轻点儿，地里的玉米正抽穗，秸秆还没长扎实，这大风大雨的，要是把它们压趴下，那就得要减产了。"

"爸，您别操这份心了，赶紧吃饭吧。"管小正的妈妈劝慰道。

"吃饭。"爷爷辻到里屋，推着轮椅上的奶奶来到客厅，奶奶虽然患了阿尔茨海默病，但生活还能自理，只是不愿意站着。她拿起馒头，一脸茫然地吃起来。

饭才吃了一半，小麦打电话来，说是她爸爸下班回来警告他们雨天要特别注意安全，还抄了一段安全提示，她念给管小正听："经过积水路段，请在路边台阶上行走，大街上可能会有井盖被大水冲开，或者为了排水，把井盖打开的情况，可能存在安全隐患，所以外出时要注意脚下，看到雨水打漩涡的地方，绕道而行。大家还要注意尽量不要靠近路灯杆或电线杆，防止触电事故的发生。"

"下雨天你们就别出门了，在家待着，写写作业什么的，等天气晴了再出去。"爷爷嘱咐道。

"遵命！"管小正说完又跟小麦转达了爷爷的嘱咐，小麦也应着了。

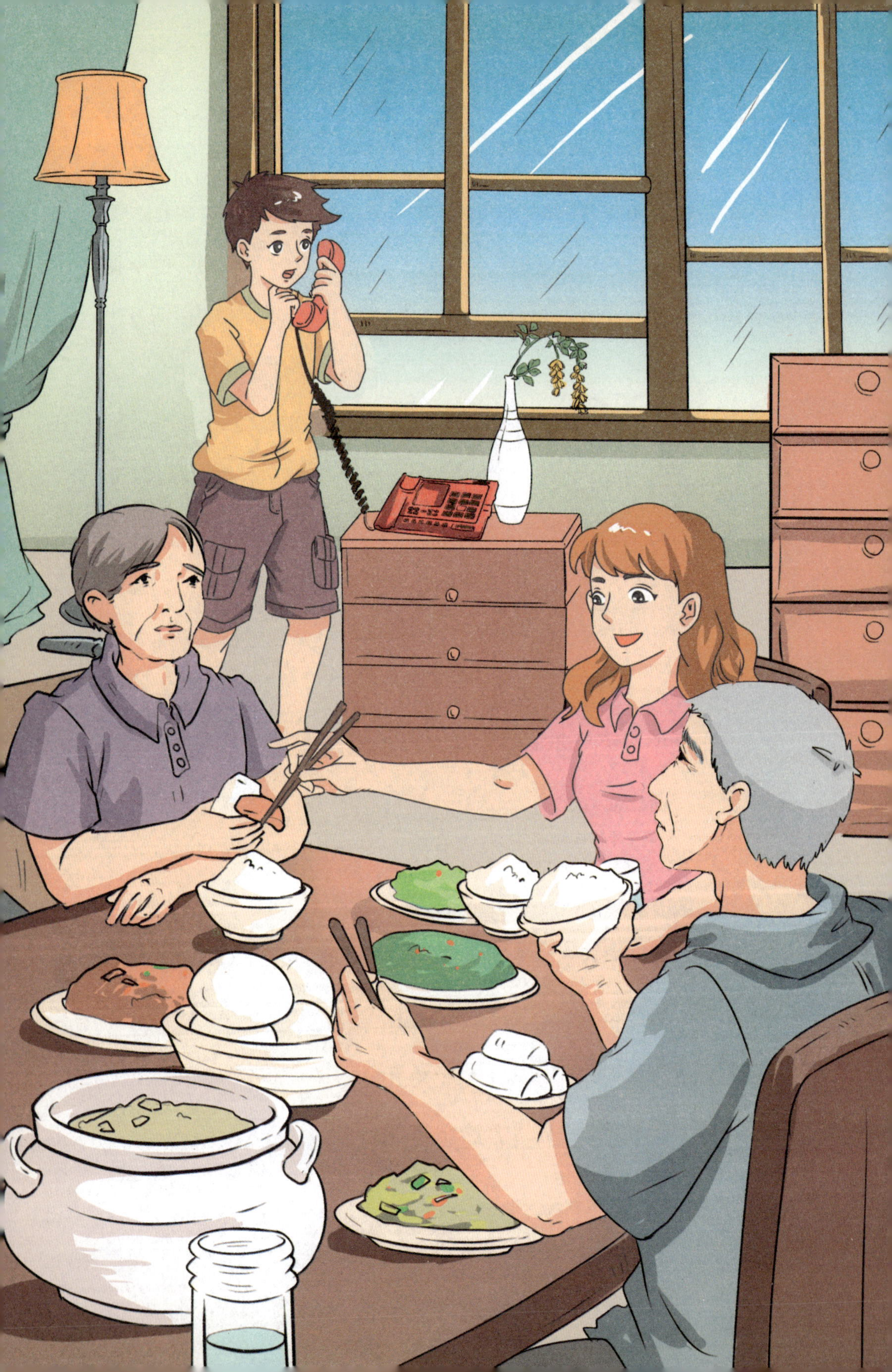

"紧急通知紧急通知，上游放水，请大家自愿到马儿多河坝填沙袋护堤，各自拿上编织袋、铁锹、绳子……"挂了电话，管小正就听到农场的大喇叭传来急切的喊声。

"妈，我也去。"管小正蹦了起来，也想出门。

管小正妈妈还没想好怎么回答儿子，爷爷发了话："你别去，你妈也别去，你们不会干活的去了就是添乱。"

"谁说我只能添乱？"管小正不服。

"你看新闻上的报道，有多少大人是为了救落水的孩子被水淹死的？你忘了自己差点被淹的事了？好了伤疤忘了疼，你就老老实实待在家里吧。"

管小正被爷爷说得哑口无言，吃完饭也无事可做，索性跳到床上睡觉。

一觉睡醒，已经是下午四点多了。小麦的电话打来："中午我爸饭都没吃完，听到大喇叭的广播就翻找出一堆编织袋拿着走了，说是到堤坝上往编织袋里装土抢险。他走的时候雨停了，他没带伞，要是一会儿再下雨，他就回不了家了。趁现在雨停了，我得给我爸送伞，你陪我一起去吧。"

"我马上过去。"管小正愉快地答应了。

两人会合后，各自拿了一把伞，小麦手里还给爸爸带了一把伞，两人朝马儿多河坝走去。刚走几步，身后传来"克噜——克哩——克哩"的声音。"估计然鹅在家也闷得慌,带它一起去吧,它不怕淋。"管小正说。

"那就走吧。"小麦冲然鹅摆摆手,示意它过来。

然鹅"克噜——克哩——克哩"地叫着追上了他们。管小正找了一根木棍,探着脚下积水的深度,深一脚浅一脚地往前方走去。

"这水又不深,用不着木棍。"小麦认为管小正太小题大做。

"谁说的!大伯之前不是说过,下雨为了排水,可能很多井盖被打开了,你不用木棍试探怎么知道被水淹没的脚下有没有被打开的井盖呢?"管小正继续用木棍试探着,慢慢往前走。

3

"呀,前面的树倒了。"小麦指着远处,那儿有一棵拳头粗的树正倒在路中央,她往前走了几步,说,"风的劲儿也太大了!咱们把树移开吧,这树太碍事了。"

"风的威力当然大了,据说9级的风力就能掀翻屋顶呢,海上的风力更大,17级的超强台风的风速比汽车还快,能在海上掀起14米高的海浪,瞬间就能把人和船吞没了,很恐怖的!"管小正用手比画着,"接下来,咱们是得干点什么,走吧,把树移开。"他也往前走了几步,不料,然鹅却紧张地"克噜——克哩——克哩"叫个不停。"你怎么了,我们是去做好事,你拦着干吗?"管小正不

解地问，然鹅听得懂，但不会说话，只能急促地发出"克噜——克哩——克哩"的叫声。

"别叫了，咱们快点儿把树搬开，赶紧给我爸送伞吧，万一一会儿下大了呢！"小麦着急地说。

不料然鹅一听这话，两只眼睛直愣愣地瞪着她，随后迅速地冲向小麦，小麦没有防备，一下子跌坐在水里，裤子全弄湿了，准备给爸爸送的伞也掉在地上，沾了些湿泥和碎树叶，脏兮兮的。然鹅还没折腾完，它用嘴一下子衔过伞上系的绳，扑打着翅膀朝来时的方向跑去。那伞太沉，一路拖在地上，"刺啦刺啦"地响。

"然鹅，你这是要干吗？！"看着伞被然鹅如此糟蹋，小麦恼怒地站起来，一边叫着，一边摸着摔疼的屁股一瘸一拐地跟在后面追。管小正见她跑得慢，也追上去抢伞。

"下雨天，你们跑什么？"管小正两人追到胡同口，遇到了骑着自行车戴着破草帽的张老二。

"追然鹅。"小麦答道。

"追它干吗？"张老二不解地问，因为他分明看到然鹅站在那儿一动不动。

"我们要给我爸送伞，走着走着看到有棵树倒在了路上，我们想把树挪开，谁知道然鹅不让，它把我撞到地上，还把伞也拖走了。"小麦气鼓鼓地看着然鹅，那伞就在她眼前的泥汤里，看着就

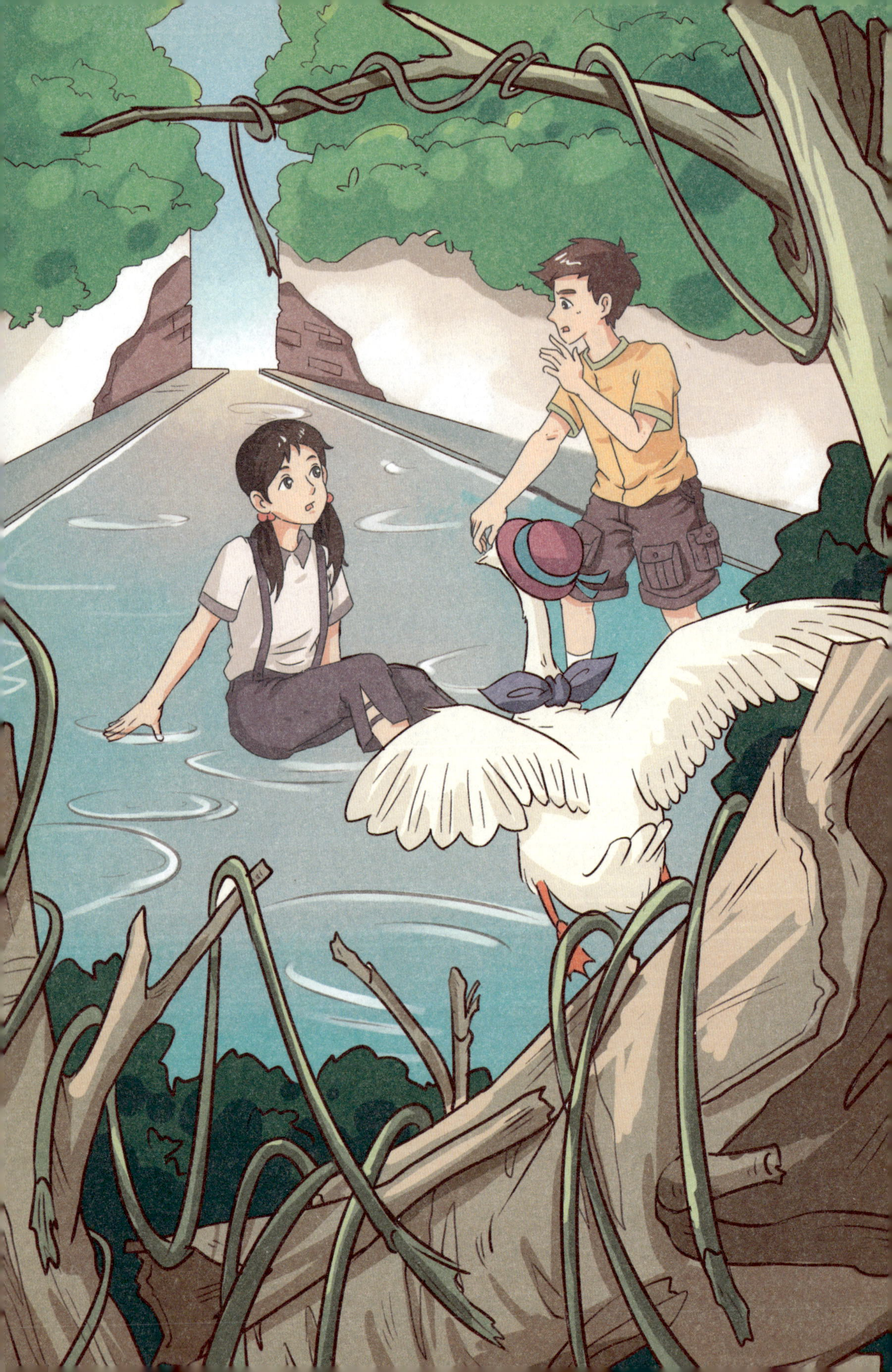

让人很生气。

"原来是这么回事啊。"张老二走近然鹅,捡起地上的伞,"咱们去看看那棵树吧。"

"就在前面。"小麦和管小正带路,张老二和然鹅在后面跟着。

离着倒下的树还有几十米,张老二准备继续向前走时,然鹅突然对他发起猛攻,把张老二的破草帽啄到了地上。

张老二捡起草帽,又抬头看了看前面的大树,忽然怔住了,恍然大悟道:"孩子啊,然鹅救了咱仨的命啊。"

"什么情况?"小麦问。

"你们看前面。"张老二用手指向前方,在那棵倒下的树的上方悬着一截电线,电线的另一头搭在旁边一棵树上。

管小正也怔住了,嗫嚅着:"那树倒下的时候把电线也扯断了?"

"要不是然鹅拦着,估计你俩早都在搬树的时候被电了。"

"啊?"小麦吓得脸上一阵惨白。

张老二让他俩往后退了几步,从裤兜里拿出手机来远远地拍了张照片,又打开照片的修图模式把悬着电线的部位用深色笔圈出来,发给了农场管电的宋电工,发完又给他打了个电话,详细讲述了眼前的一幕。

宋电工有二十多年的工作经验,看了照片赶紧告诉大家:"你

们别靠近，我去把电闸拉下来。"宋电工一路小跑到了配电室，把这条线路上的电闸拉下来，以保证人不被电到。然后他骑着自行车赶过来，看到乱七八糟的现场，心有余悸地说："要是有人经过这里，肯定要出事故的，万幸没有人员伤亡。"

"呜呜……多亏了然鹅啊！"小麦想到差点儿被电到，吓得哭起来。

张老二抬手反复抹着自己的额头，惊魂未定地长舒一口气："生活中可不总是有这样的好运气。"

"丁零零——"宋电工的手机响了，"什么，有人偷了排灌站变压器的铜芯，不知道破坏电力设备是危害公共安全的事吗？我马上过去。"宋电工挂了电话，匆忙往农场南边赶去。

"对了，叔，您怎么没去抢险啊？"管小正又问。

张老二正打算骑着自行车离开，听他这么问，停下来说："昨晚我在河边盯了一夜的河水，刚睡醒；正要去看看。你们去吗？"

"爷爷不让我们去。"管小正谨记爷爷的嘱咐，生怕再惹事。

"我接到通知，现在险情已经解除了，要是小麦他爸不让你们在河边，你们就回来。"

管小正和小麦对视了一下，赶紧追着张老二的自行车往河边跑去。

"叔，你怎么不骑电动车啊，拉着我们多好，省得我们追你的

自行车，太累。"管小正跑得上气不接下气。

"下雨天，路打滑，骑不快，骑电动车不如骑自行车。要是水深浸没了电瓶，还有可能漏电，我可不想拿自己的小命开玩笑。"张老二骑车的速度慢了下来，好让管小正和小麦跟得上他的速度。

他们很快来到了烂尾楼，只见烂尾楼周围三五一群的人正挥着铁锹往编织袋里装土、搬运，一切紧张又有序。他们很快在人群中找到了浑身是泥的小麦爸爸。"险情不是已经解除了吗，怎么还要装土啊？"小麦心疼地问。

"做好预防工作啊，万一再下大雨呢？保护家园可容不得一点儿的大意。"小麦爸爸说。

"我们也来装土吧。"管小正招呼小麦说。

"行，看看你们能不能干得了这个活儿。"小麦爸爸扔过来几个编织袋，早就摩拳擦掌的管小正和小麦卖力地干起来。

小·正笔记

长知识

下雨天防止触电

给大伯送伞时,我和小麦只看到树倒了,没注意到电线也被扯断,我们一旦靠近,将会发生很可怕的事。

朋友们,当你看到电线被风吹落或吹断掉在地上,千万不要靠近,而要远离现场,同时赶紧告诉大人,并拨打电力系统服务热线95598。如果有人没看到,一定要告诉他前面有危险。当你发现有人触电,千万不要直接接触触电者,防止自身触电,要找大人想办法立即切断电源,并以最快的速度找专业人士处理,同时联系医院施救。

台风的威力非常大,刮台风时要远离树林,防止树木折断被砸伤;要远离满载货物的大货车,防止货物被大风吹落,造成伤亡。

雷电灾害是严重的自然灾害之一,我们在新闻上经常看到雷电在瞬间击伤击毙人畜,引起电线短路导致火灾或爆炸等事故。所以我们要了解预防雷电伤害的常识,预防伤害事故发生。

1. 大多数雷击都发生在建筑物的顶部,所以雷雨天不要在阳台和楼顶上停留,也不要在雷雨天给手机充电或看电视。

2. 雷雨天,一定要牢记关闭门窗,预防雷电的侵入。

3. 不要接近建筑物的裸露金属物,如水管、暖气管、煤气管等，更应远离电源线、电话线、广播线。因为这些金属管线在雷击时很容易导电，人接触了极易触电，造成伤亡。

4. 关注天气预报，在雷雨天气不到野外山区活动。雷雨天在室外游泳池、湖泊、河流、海边游泳容易发生意外，雷雨天更不能在水边钓鱼。

5. 雷雨天气，不要在大树下避雨，更不要在大树下拨打手机。

知法小·达人

《中华人民共和国刑法》

第一百一十八条　破坏电力、燃气或者其他易燃易爆设备，危害公共安全，尚未造成严重后果的，处三年以上十年以下有期徒刑。

第一百一十九条　破坏交通工具、交通设施、电力设备、燃气设备、易燃易爆设备，造成严重后果的，处十年以上有期徒刑、无期徒刑或者死刑。

过失犯前款罪的，处三年以上七年以下有期徒刑；情节较轻的，处三年以下有期徒刑或者拘役。

读书感悟

第三章　黑烟谜团

1

立秋后，天空显得更高更远了，夜晚的声音也不再专属于青蛙，那些躲藏在树底下、石头缝、草丛中的蛐蛐已经迫不及待地加入了合唱大军。

夜凉了，就容易下雾露雨。雾露雨是如同牛毛一样细小的雨，在空中飘着，经常连续下几个小时也不见地上有湿处。这一天，雾露雨又下了一夜，青蛙和蛐蛐你争我抢地又叫了一夜。清晨，管小正起来上厕所，他一推开门，就听见"呼啦啦"的声音，原来是香椿树上惊出的一群麻雀。

马儿多农场里生活着很多麻雀，它们成群结队地出没在树枝、菜地、田野、房檐，悄没声儿地偷吃着各种能填饱肚子的食物。这时候，田间的谷子已经长得很高了，头顶上结出了沉甸甸的穗，种田人在地里扎个稻草人，再用细密的网铺在谷子的四周，大大减少了麻雀偷吃的机会。但这也饿不着它们，地里还有草籽、虫子，大自然里蕴藏着很多美食。

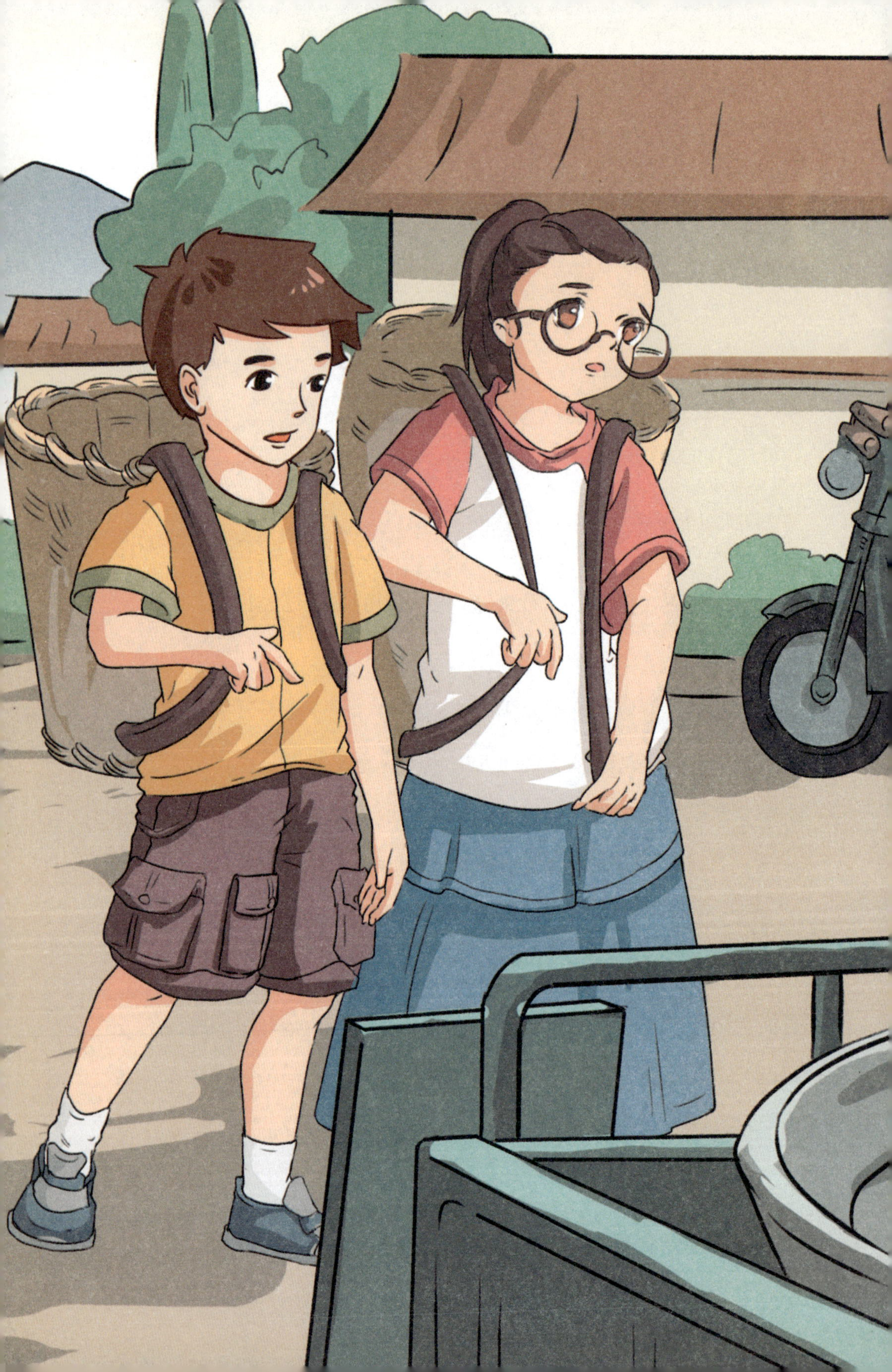

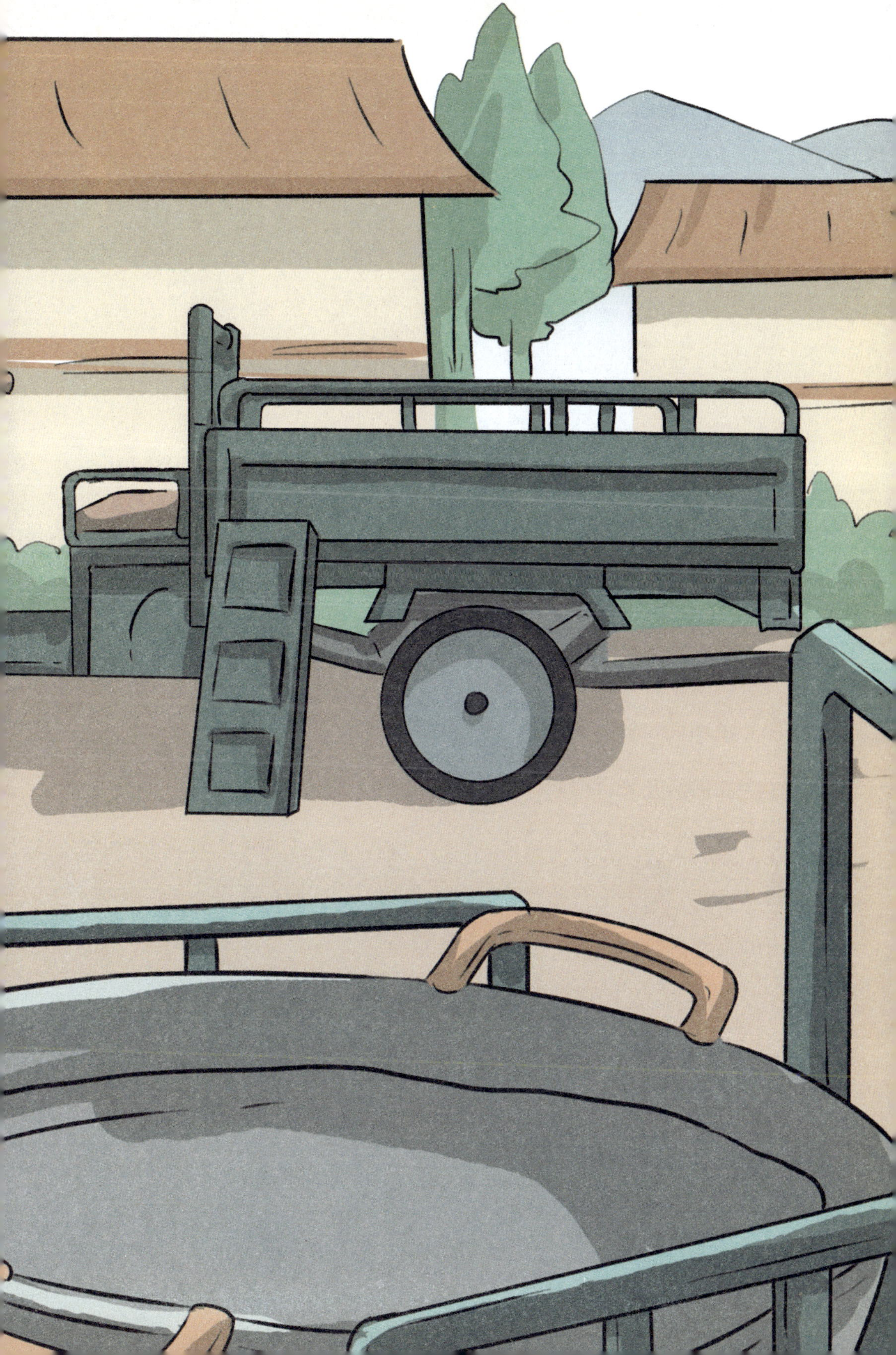

管小正六点多吃过早饭,和小米坐着大伯的车去十里栏赶集。车在离集市几百米的地方停下了。他看到几辆农用三轮车依次排开,车斗里放了一口大锅,里面有些黑乎乎的东西,三轮车后斗上还挂了一个长方形的白牌子,上面写着"做防水"三个字。

"'做防水'是什么意思?"管小正问。

小米说:"这你都不知道啊,狂风暴雨过后,有很多的房子漏雨,防水就是修补房子的。"

"哦,原来是这样啊。"

"利奇马过后,你爷爷发现正屋前面的走廊顶部漏水了,有一片水洇在房顶上,他嘱咐我找人来家里修补房顶。"大伯说。

大伯问了好几家做防水的,有的说得过两天才能动工,有的说手头的活儿紧,像修补房顶这样的小活儿根本不接。大伯绕了一圈,看到一个穿着破旧的浅蓝色工作服,衣服上面沾了好多黑点的胖男人。大伯上前打招呼:"这不是敌家台子村的徐老大吗?我家几年前找你做过防水,今年还找你吧。"

"行啊。"

"正屋前面的走廊顶漏水,得多少钱?"大伯开门见山地问。

徐老大搓了搓手,看了看天,说:"价钱得看了情况再当面谈,你这么一说,我也不知道面积有多大。"

"那散了集就来吧,我怕过几天又下雨。"大伯也望了望天,

实诚地说。

"在家等着吧。"徐老大撂了话，算是答应了。

大伯把地址和电话告诉了徐老大，又带着小米和管小正买了蔬菜水果，开车拉着他俩回了农场。

"徐老大什么时候来啊？"爷爷问。

"他说是散了集就来。"

爷爷望了望天，时而太阳高照时而云彩遮日，他怕再下雨走廊漏得更厉害，于是走着坐着都惦记着徐老大。上午十点，门响了，爷爷赶紧迎上去，老远打着招呼："是徐老大来了啊。"

"是的，大爷，我来看看。"

徐老大搬了一架用木头条钉成的简陋梯子，搭在走廊前，踩着梯子爬到了房顶，从东走到西又从西走到东，这才说："你的房子确实该修了。"

"修房子多少钱呀？"

"也不多，给五百块钱就行了。"

"真够贵的，前两年才三百块钱，我给四百块，你给我做了防水吧。"

"老爷子，您可真会砍价，也不怕我折了本！哎，看您年纪这么大了，我也不计较了，四百就四百吧。"话音落定，徐老大从三轮车上拿出一把笤帚，扒着梯子上房顶清理平台，扫下了很多树叶

和土渣；随后把一卷黑乎乎的东西扛到了房顶，又扶着梯子下到地面，接着从车上拎了一个很小的煤气罐爬到房顶上。

管小正站在走廊下，看不清徐老大在房顶上忙活什么，只见他时不时地拎着煤气罐移动，伴随着"呼呼呼"的声音，煤气罐上引出的一个喷头不断往外喷着火。

徐老大告诉管小正，那一卷黑乎乎的东西是油毡，用火把它烤化，贴到房顶上，就不会漏雨了。

"哦，原来是这样做防水的呀。"

徐老大在房顶上忙活了两三个小时，终于做完了防水。

爷爷想留他在家吃个便饭，他说："不了，台风过后生意特别好，有时候一天能做两三家防水呢，我得赶紧去下一家。"

徐老大的生意果然很好，下午管小正去找小麦时，他还没离开马儿多农场，正在给张老二家做防水。管小正在小麦家玩了一圈儿，回爷爷家吃饭时，看到徐老大又在小迪家的房顶上忙活。

晚饭后，管小正从爷爷家院子里推出一辆三轮车。为了爷爷骑车安全，赶集方便，妈妈给爷爷买了辆三轮车。管小正觉得新鲜，抬脚就骑了上去，没想到一点儿都不别扭，一骑就会。

"你这个年纪能骑三轮车吗？"爷爷问。

"这个，我也不知道啊。"管小正说。

"可以骑。"管小正妈妈说，"我刚用手机搜索了一下，《中

华人民共和国道路交通安全法实施条例》规定，在道路上驾驶自行车、三轮车必须年满十二周岁。你已经年满十二周岁了，完全没有问题，如果你要驾驶电动自行车的话就必须年满十六周岁。"

"太好了，我可以骑三轮车上路了！其实骑三轮车没什么难的，妈，你也试试。"管小正不无炫耀地说。

管小正妈妈骑上去试了试，总觉得车子往一边偏，她的整个身子也往一边偏，她"哎哟哎哟"叫着，捏了刹车闸，赶紧从车上跳下来，用手拍着胸口连说"吓死我了"。

"三个轮子呢，哪那么容易倒，你再骑骑试试。"管小正是个耐心的小老师。

管小正妈妈不想再试，站在路灯下看管小正练习。不多一会儿，她的胳膊和腿上被蚊子咬了好多包。

"七月半八月半，蚊子嘴快过钻。"管小正的爷爷说。

"时间过得真快，这就八月了啊，这个时候的蚊子最厉害。算了，我不陪你们了，我可不想把蚊子撑死。"管小正妈妈说完回了屋。

2

天微亮，管小正像往常一样要起床上厕所。他赶紧跑到院子里的自家厕所，香椿树上的麻雀也像往常一样被他惊吓得向四面八方

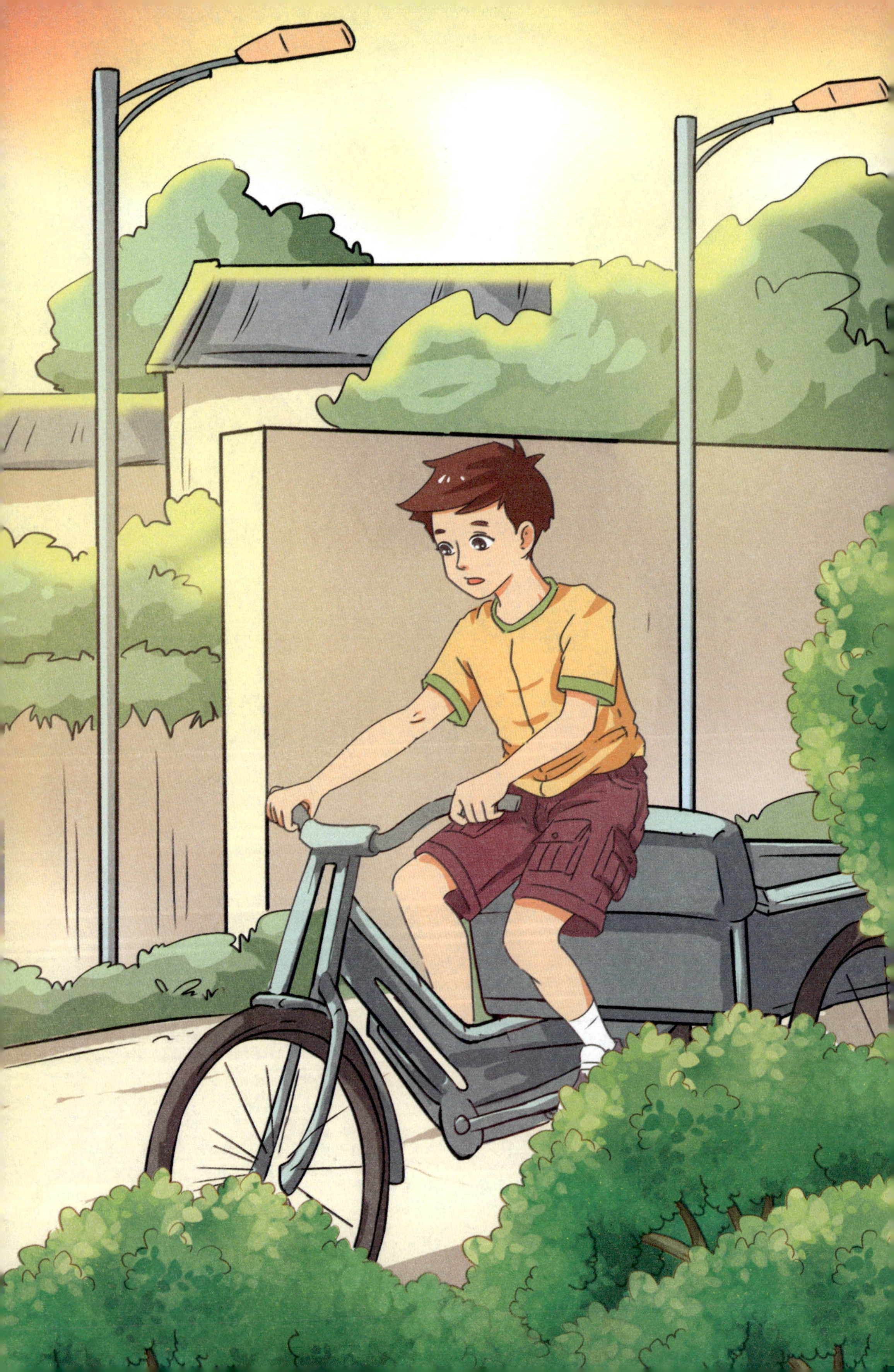

逃遁。

从厕所出来,管小正吸了吸鼻子,他闻到空气里飘来一股难闻的味道。今天的阳光一反常态地失了明亮,因为天空中乌突突的。然鹅也一反常态地在院子里不停地踱来踱去,还打着喷嚏。这是怎么回事?马儿多农场的空气一直不错呀,怎么突然间变了呢?

管小正回到屋里,那刺鼻的味道也顺着窗缝钻了进来,他再也睡不着了。爷爷已起床了,正在菜地里忙活他种的那些豆角、茄子。管小正跑到院子里问爷爷:"这是什么味儿啊?"

爷爷使劲吸了吸鼻子,说道:"有味儿吗?我闻不着啊。可能是谁家在烧垃圾吧。"爷爷走出菜地,坐在马扎上,择着新鲜豆角蒂,大概早饭是要吃豆角鸡蛋打卤面了。

"烧垃圾?国家不是不让烧垃圾吗?"管小正问。

"那是大城市不让烧垃圾,我们乡下还是有人会把不用的垃圾给烧掉的,这样处理垃圾最简单。"

"那不是会污染空气吗?"

"又有谁来管呢?他们又不是天天烧垃圾,忍一忍就过去了。"爷爷见怪不怪地说。

"那怎么行啊!这味儿也太难闻了,咱们这儿的垃圾没有专人处理吗?"管小正捏了捏鼻子,表示抗议。

"有啊,邢大爷负责处理垃圾。他六十多岁了,有个儿子在城里做买卖，挣的钱挺多的，但是基本不管邢大爷两口子，一年难得回来一趟，不给老两口钱也不给买东西。马儿多农场的场长看他可怜，就让他收拾农场的三个垃圾池，一个月给他六百元工钱。他隔一段时间把三个垃圾池里的垃圾收了，运到垃圾处理中心。可能最近垃圾比较多，他处理不及时，所以才就地焚烧了吧。"

"就地焚烧，多污染环境啊。前段时间的新闻您听说过吗？《上海市生活垃圾管理条例》正式施行后，人们都说这是上海'最严厉的垃圾分类措施'，内容包括：干垃圾和湿垃圾要分开投放，混投垃圾个人最高可罚二百元、单位最高罚五万元；情节严重、拒不改正的还将纳入征信……人们见面都互相打趣道'侬是什么垃圾'，新闻上说法律推动垃圾分类步入强制时代。我觉得这样挺好的。"

"垃圾分类？好是好，可是干垃圾湿垃圾太难区分了，多麻烦啊！尤其对我这么大年纪的人来说，垃圾分类可不容易。"爷爷择完豆角，把豆角蒂扔到了垃圾桶里。

"不不不，这是湿垃圾，得和纸、塑料什么的分开放。"管小正拽过垃圾桶，认真地捡着豆角蒂，放在另一个小垃圾桶里。

"好好好，听你的。"爷爷把马扎挪到他身边，两人一起往外捡。

管小正边捡边说:"虽然垃圾分得太细人们会觉得麻烦,但这也不是多难的事,习惯就好了。新闻里说,人类产生的垃圾已经快让北极熊没有生存空间了。对了爷爷,您说的那三个垃圾池在哪儿啊?"

"农场不是有三个大龙门吗?每个大龙门的西边都有一个垃圾池,咱们家西边五十米就有一个。"爷爷腾出手来,指了指院子西边。

"哦,那垃圾处理中心在哪儿啊?"

"远着呢,大概得两三公里吧。"

"这还远啊,去十里栏赶集不都得五六公里吗,两三公里才哪到哪儿!"

"对你来说倒也不是难事。"

"邢爷爷的家在哪啊?"

"在咱们家后面第二排房子左数第三家。"

"哦。"管小正应着,把盛了豆角蒂的小垃圾桶收拾好,提到房檐前的空地上。

管小正吃了满满一碗豆角鸡蛋打卤面,摸着饱饱的肚子,走出家门。

他和然鹅来到爷爷家后面第二排房子,还没走到第三家,就听见院子里有人说话:"老伴儿,这几天是创建卫生城市的关键期,

上面会不定时来抽查，你赶紧去看看垃圾多不多。"

"好好，我这就去垃圾池看看。"

不一会儿，一个右眼睛斜着的爷爷从院门里推着一辆"嘎啦嘎啦"响的破三轮车走了出来，管小正想这个人一定就是邢大爷。

邢大爷好像没看到管小正和然鹅，骑上了破三轮车晃晃悠悠地往前方驶去。

"看完垃圾池再去垃圾站转一圈儿。"院子里又传来说话声。

"知道了。"三轮车停了一下，又晃晃悠悠地上路了。

"这火没准就是邢爷爷点的呢，跟着他去看看。"管小正冲然鹅眨眨眼，又火速跑到小麦家，他骑上三轮车，小麦坐到车斗里，两人往垃圾池方向赶去。远远地，邢大爷也骑着破三轮往南边去了。

"这儿闻不到烟味，也看不到火。"小麦捂着鼻子，试图遮挡难闻的垃圾恶臭。

"看来不是这儿的垃圾着的火。"管小正和小麦把三个垃圾池检查了一遍，没见着火和烟，倒惊起很多嗡嗡乱飞的苍蝇，让他俩招架不住。

"按理说，邢爷爷不能焚烧垃圾啊。"小麦说。

"为什么？"

"今年夏天,有一户人家焚烧麦秸被罚了两千块钱,十里八乡的人都知道,邢爷爷肯定也知道。"

"有人举报?"

"不是举报的,执法人员用无人机巡查,无人机能第一时间发现焚烧秸秆的。当时正在焚烧麦秸的那家人问,怎么烧麦秸还罚钱啊?我在我地里烧的,又没在别人家地里烧。执法人员说当然要罚钱,禁止焚烧麦秸都写入法律了。"

"无人机为什么现在不用了呢?"管小正问。

"焚烧秸秆的高峰时期已经过了呗。"小麦回答,又接着问,"你说这黑烟从哪儿来的?"

"谁知道,去垃圾站看看去。"

"看来要有大事发生了。"

3

管小正骑着三轮车,拉着小麦和然鹅赶往垃圾站。他没去过垃圾站,幸亏小麦认识路,不然他可就迷路了。

离垃圾站越来越近,他们的鼻子也感到越来越难受。抬头望去,垃圾站正冒着一股浓烟,刺鼻的味道越来越重,管小正和小麦赶紧捂着鼻子,但难闻的气味还是让他们感到窒息。然鹅也在三轮

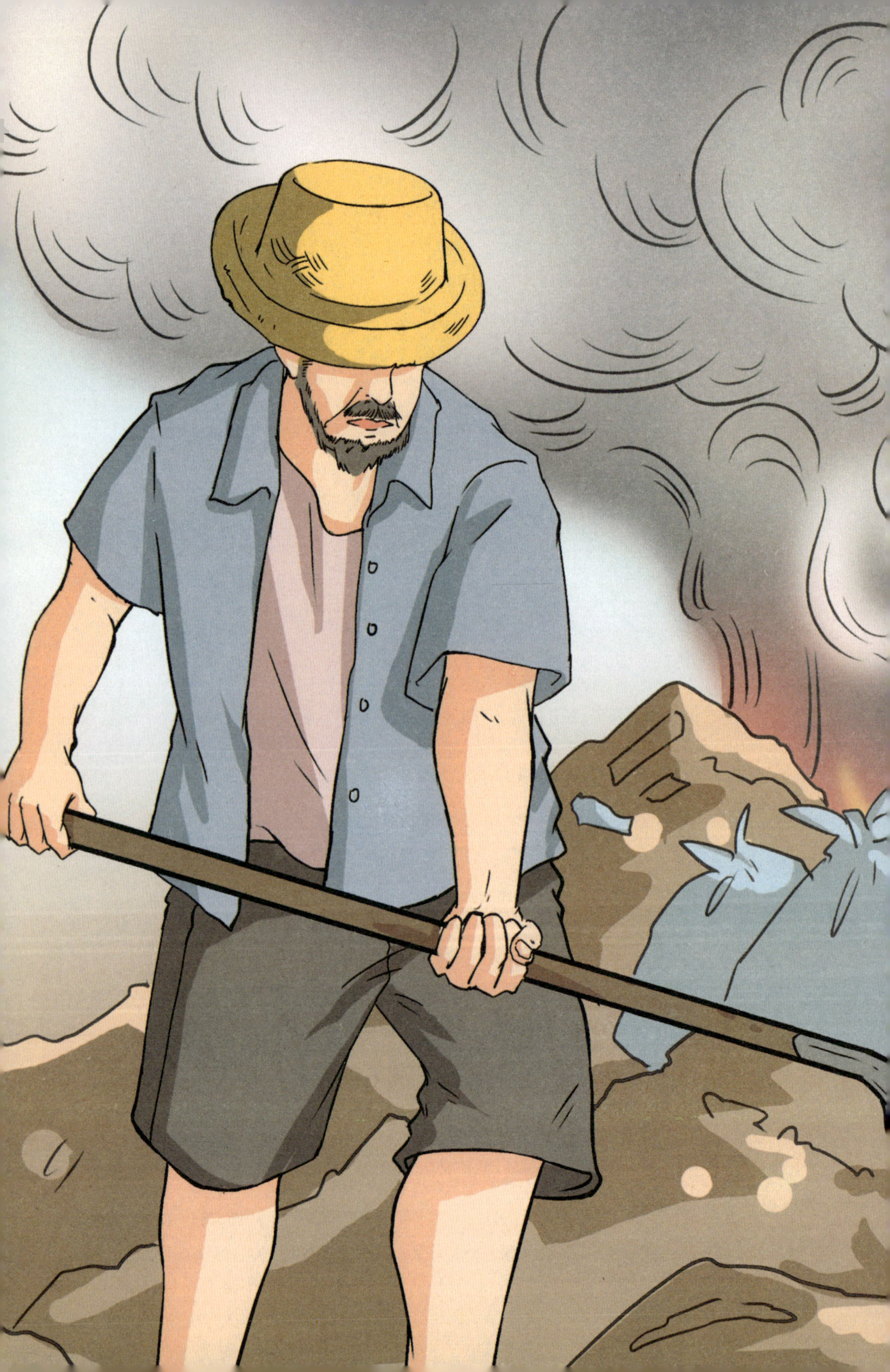

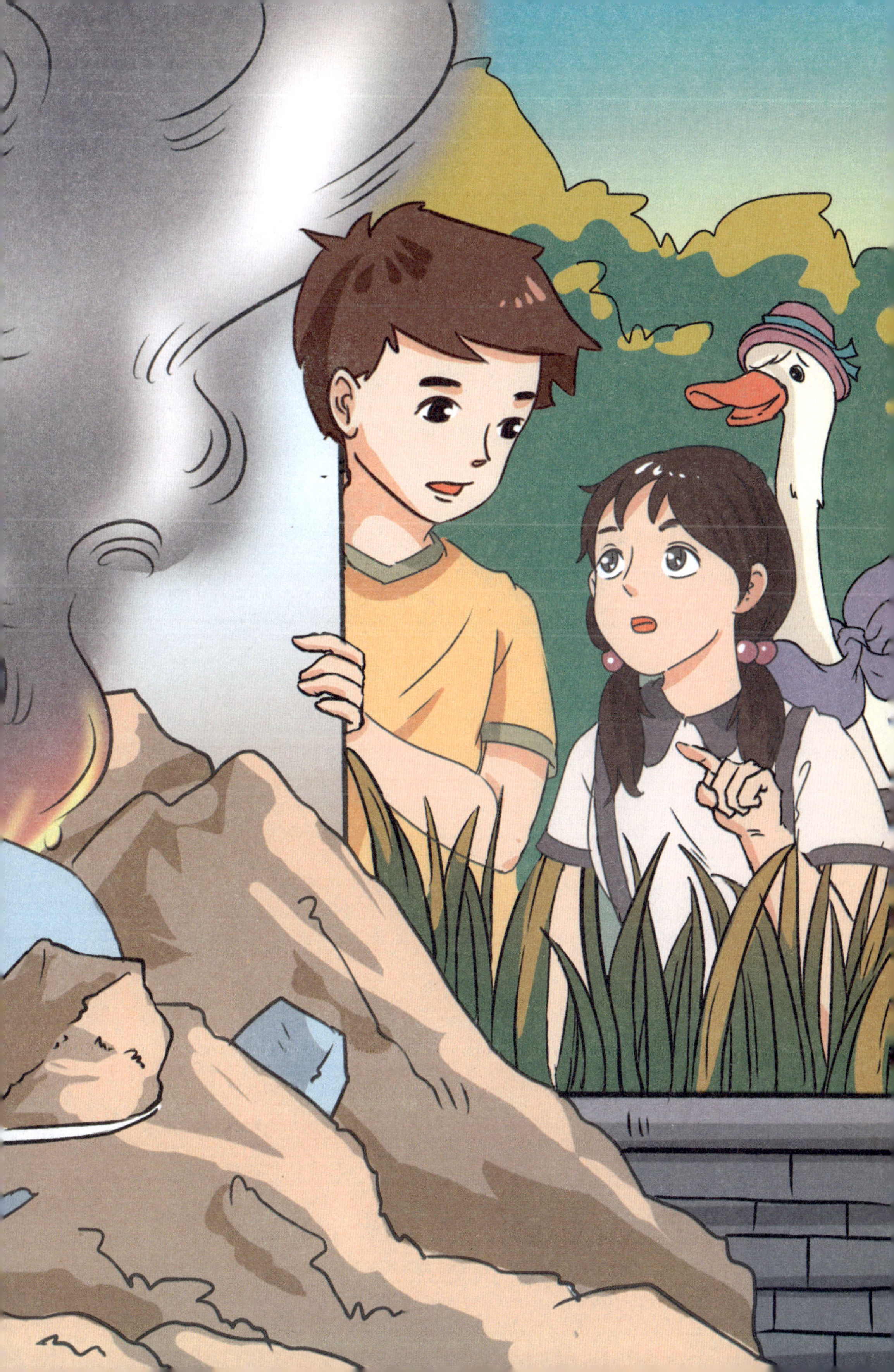

车里频频打着喷嚏。

他们走近垃圾站,看到一个身影拿着铁锨在垃圾堆里翻。

"那就是邢爷爷。"小麦惊叫道。

"垃圾果然是他烧的,他是嫌火不够旺才翻那堆垃圾,好让它们着得旺一点儿吧?"管小正生气地说。

"应该是吧,怎么办?"

"给他把火扑灭了。"

"不行,邢爷爷脾气不好,我怕他打咱们俩。"

"那怎么办?"

"还是先回家吧。"

"行,你等等,我录一段视频,作为证据。"管小正赶紧拿出手机拍下邢大爷拿着铁锨在冒着烟的垃圾站翻垃圾的场景。

"你快点儿,别让他发现了。"小麦担心地说。

管小正三下五除二拍了视频,待小麦和然鹅坐稳,骑上三轮车迅速离开了。

"焚烧垃圾这事太可恶,应该想个办法去制止。"管小正越想越觉得这事得管。焚烧垃圾跟大气污染有很大关系,老师讲过焚烧垃圾至少有三点危害:一是污染环境,使PM2.5(细颗粒物)指数上升;二是烟气呛人,影响人们的身体健康;三是带来火灾隐患,危

害人身及财产安全。老师讲课时特别强调：枯枝落叶燃烧时会向大气排放多种有害物质，其中还有可致癌的化学物质。焚烧生活垃圾会产生有毒化合物，有极强的生殖毒性、免疫毒性和内分泌毒性，其毒性极强。这类化合物进入人体后会产生生物累积作用，因此被国际癌症研究中心列为一级致癌物。

管小正是爱管闲事的人，他问道："这事应该找谁管呢？"

"很简单呀，打举报电话就可以啦。"小米建议。

管小正正要拨打举报电话，被小米拦住了："你看，在大风的作用下，农场上空透亮了一些，也许是垃圾站里的火和烟灭了，火和烟灭了就抓不到邢爷爷的现行了。"

"我有视频。"管小正指了指手机。

"视频只能说明他在翻垃圾，其他的也说明不了什么。"小米说。

"他肯定是嫌火不够旺才翻那堆垃圾的，好让它们赶紧烧完。"小麦说。

"那有可能是你俩先入为主了，认为是邢爷爷烧的垃圾，所以就把自己想象的事强加在他身上。"

小米的话让管小正和小麦哑口无言。

马儿多农场上空仅仅透亮了几个小时，下午两三点，空中又飘

来了一团一团的黑烟。

这次，管小正当机立断拨了举报电话，打完电话就骑上三轮车，带着小麦和然鹅朝垃圾站出发。

他们远远地就看到垃圾站果然冒着黑烟，稍微走近些，看到很多油毡、塑料、生活垃圾和树叶子正在燃烧，但邢大爷并不在垃圾站。

"原来是这些油毡、塑料和垃圾发出的刺鼻味道啊。"小麦叫道。

"还等什么，我们把这堆火灭了吧。"管小正从三轮车上下来，从旁边的地里捧了好些土往垃圾堆里扔，小麦也赶紧往垃圾堆里扔土，燃烧的范围逐渐缩小，两人累得气喘吁吁。突然一阵"嘎啦嘎啦"的声音传来，两人抬头一看，是邢大爷来了，于是吓得赶紧退到一边。邢大爷二话不说从三轮车里取了铁锨，挖土往垃圾堆里填。两人不解地看着邢大爷灭火，怎么他从点火的变成灭火的了呢？管小正和小麦不知道他葫芦里卖的是什么药，但看邢大爷卖力地灭着火，他们也过来帮忙。

不一会儿，执法人员的车来了，和他们一起忙活着，那堆垃圾终于不再冒黑烟。

"真是不好意思，又惊动了你们。"邢大爷对执法人员表示

抱歉。

"怎么又是你？谁烧的垃圾？"执法人员拍打着身上的垃圾灰严肃地问。

邢大爷、管小正、小麦，三个人你看我我看你，都摇了摇头。"举报电话是我打的，"管小正举手说，"但是，这火……爷爷，这火不是您点的吗？"管小正问邢大爷。

"当然不是我了。"邢大爷抹了把额头的汗，说，"去年我图省事烧了一次垃圾，结果被罚了一千块钱，执法人员都认识我了。一千块钱啊，是我一个多月的工钱啊，这么多钱我还能不长教训呀。怎么，你们以为是我点的垃圾？"

"我，那个，上午看到您拿铁锹，以为您嫌火不旺，翻一翻让它们烧得旺一些呢。"

"哦……我那是在取土灭火呢。"

"既然垃圾不是你们点的，火也已经灭了，我们就先回去，你们要是再发现有人点垃圾还是得举报，我们也不怕多跑两趟。"执法人员说着骑上车子走了。

"小米说不可能是邢爷爷干的，她说对了。"小麦喃喃说道。

"是是，差点儿闹了误会。那您说，是谁点的垃圾？"管小正抬头望着邢大爷。

"我也不知道啊。"邢大爷一筹莫展地把铁锹放进三轮车后斗,"嘎啦嘎啦"地骑上走了。

管小正和小麦也骑上三轮车跟了上来。他们在垃圾站周围绕了一圈,邢大爷告诉他们离这儿两三公里的地方就是大家伙儿的饮用水源,这儿的水可甜了,比自来水都好,有人承包了那块地,每天拉着水挨个村卖。

"离水源地这么近更不应该焚烧垃圾了。"管小正说。

管小正慢悠悠地回到了马儿多农场,一路上又一个问号在管小正心里埋下了,到底是谁点燃的垃圾呢?不是邢大爷,会是谁呢?

"黑烟又来了,小正,你快来!"晚饭前,爷爷在院子里叫起来。

管小正听到爷爷的招呼,急忙跑到院子里,只见马儿多农场上空又有了滚滚黑烟。管小正立刻把然鹅抱上三轮车,蹬着车先到了小麦家接上她,随后火速往垃圾站骑去。

他们远远地看到了一个穿着蓝色工作服的身影,看起来有点像徐老大。

"难道是徐老大点的火吗?"管小正起了疑心。

"咱们假装路过这里,问问他。"小麦也学机灵了,给管小正

出主意。

"好，问问去。"管小正把三轮车骑到了垃圾站旁边，高声问道，"叔叔，您在这儿干吗呢？"

"这不是凤城要创建卫生城市嘛，不能有过多的垃圾，可是我这垃圾不知道送到哪儿，干脆全倒到这儿，点上一把火烧掉，就什么都没有了。"徐老大并不否认焚烧垃圾的事是他做的。

"可这会把空气污染了的。"管小正指着灰蒙蒙的天空，说。

"一阵风吹过，空气不就好了吗？"徐老大并没觉得这是多么大的事。

"吹到别的地方，也会污染别的地方的空气呀。"

"天空那么大，污染点空气怕什么？小孩子家去一边玩儿去，这儿冒着烟又不是什么好玩的地方，赶紧走吧。"徐老大不耐烦地轰他们走。

4

管小正怎么可能坐视不理？望着天空飘满的黑色的颗粒和灰尘，他骑着三轮车假装离开，在离垃圾站几十米的地方，再次果断地拨打了举报电话。

徐老大还没离开垃圾站，执法人员一下子抓了个现行。

"我就是烧点油毡烧点垃圾，又没犯什么王法，你们为什么要抓我？"

"国家规定不能焚烧垃圾，大喇叭天天宣传，你怎么会不知道呢？"执法人员厉声道。

原来徐老大图省事，就把一些做防水的垃圾和承包的几个大棚产生的塑料垃圾送到了这个生活垃圾站。他拉来的垃圾太多，一下子把垃圾站填满了，他怕人骂他，就点火烧，垃圾烧了就不占地方了，没想到触犯了法律。

"你只顾着自己的利益，那国家利益和社会利益怎么保障？"执法人员依据《中华人民共和国大气污染防治法》的相关规定，对当事人徐老大焚烧垃圾的行为作出罚款两千元的行政处罚。执法人员说："焚烧垃圾产生的危害是不可想象的，我们必须对露天焚烧垃圾'零容忍'。以后你不但不能再焚烧垃圾，一旦发现焚烧垃圾的行为还要立即举报！这是一种社会美德，也是一种社会责任。"

"知道了知道了。"徐老大连连认错。

"以后你的这些垃圾要送到凤城的大型垃圾处理站处理。"

"知道了知道了。"徐老大又连连点头。

管小正骑上三轮车，返回了马儿多农场。

管小正跟爷爷和妈妈讲述了垃圾站的事，爷爷突然长叹一声："邢大爷命苦啊，两口子一个是斜眼儿一个是盲人，辛辛苦苦把儿子拉扯大，儿子上了大学开了公司，却难得回一趟家。都说子不嫌家贫，儿不嫌母丑，他这个儿子啊真是白养了。我经常看到邢大爷一边清理垃圾一边把啤酒瓶废纸盒拣出来，为的是卖点儿钱解决温饱。你拍到的他在垃圾站的视频，我估摸着他一方面是想取土灭火，一方面是翻找有没有能卖的废旧垃圾。"

"这么可怜啊，难怪我当时也觉得他像是在找东西。"

"也难怪你误会是他放的火了。不过他倒是不贪财，去年在垃圾池的鞋盒里捡到一个小袋，里面有金项链和手镯，他愣是挨家挨户地问，找到了无意当中把藏了首饰的鞋盒当垃圾扔的那家人，人家感谢他要给他钱，他一分钱都没要。"爷爷讲着，忽然叹了口气，"最近听说邢大爷老家要拆迁，可能会赔不少钱，他儿子和儿媳妇一反常态，三天两头回来催问拆迁款的事，老两口窝了一肚子火。这不，刚刚我看到他儿子的车了，乌黑锃亮，我估摸着又回来闹了，闹完了也不过夜，开上车一'哧溜'就回城了。"

"爸，咱们今天包的饺子，我煮好了，给邢叔家送一碗去。"管小正的妈妈端着一碗热气腾腾的饺子说。

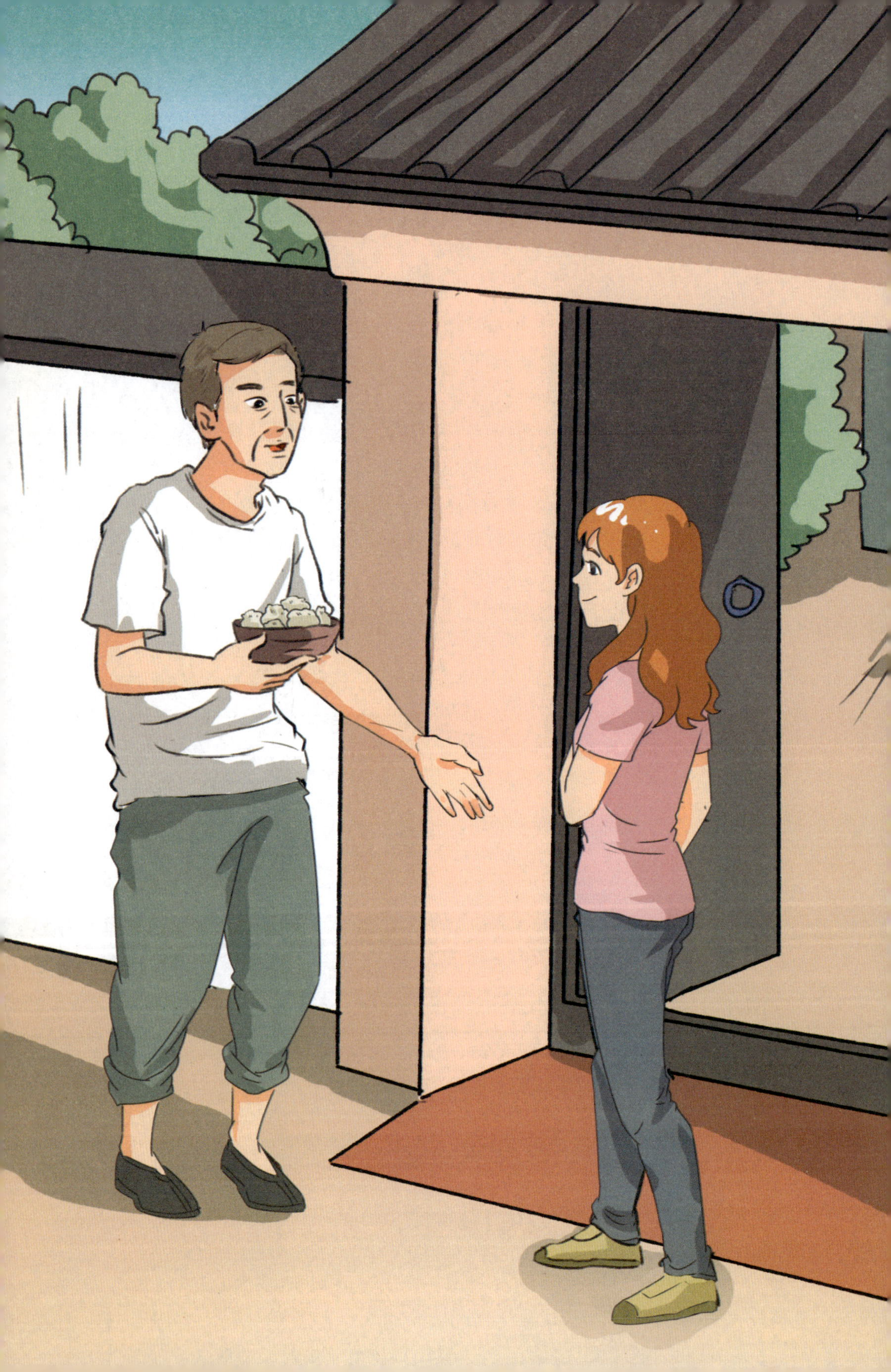

"好，去吧。"

"我也去。"管小正麻溜地跟着去了。

"邢叔，我是老管家的儿媳妇。"管小正妈妈站在邢大爷家门口，抬高了嗓门说。

"哟，这不是灭火小能手吗？"邢大爷看到管小正，笑着道。

"我今天刚好包了饺子，给您送一碗。"管小正妈妈把饺子碗递到邢大爷手里。

邢大爷嗫嚅着："孩子在城里，都忙。"

"是啊，大家都忙，我们在北京忙得更厉害，离家更远。不过啊，现在买什么都方便，我经常给我公公婆婆从网上订东西，头一天订了，第二天就到了。"管小正妈妈说话很是干脆。

"是是是。"邢大爷端着饺子说，"进屋坐坐吧。"

管小正的妈妈也不客气，跟着邢大爷走进他家小南屋的厨房。管小正也跟着走了进去。

"您爱吃杠子头啊！"管小正的妈妈盯着灶台上放着的一方便袋杠子头说。杠子头是凤城特有的食品，死面做的，牙口好的人咬着特别香，牙口不好的人根本嚼不动。

"孩子买的。"邢大爷低声答。

"我公公婆婆跟您岁数差不多，牙口不好，我从来不买杠子

头什么的给他们吃。人上了岁数，孩子又出息了，更应该吃点儿好的。"管小正妈妈嗓门仍旧没有低下来。

管小正四下打量，看到里屋炕上坐着三个人，大概是邢大爷的儿子儿媳妇还有孙子。两个大人听到管小正妈妈的话，把脸扭向里面，还关上了里屋的门。

"这——"邢大爷歉意地望了望里屋，说不出话来。

"叔，不说了，我公公婆婆还等我们回家吃饺子呢。"

"走了啊。"邢大爷的老伴从北屋摸索着出来，算是打了个招呼。

"大妈，走了。"

"我送送你。"邢大爷说。

"不用了，您回吧。"

管小正妈妈领着管小正走出小南屋。"小燕子！"管小正看到了过道房檐下飞来一只小燕子。

"这是刚出窝的小燕子回家探亲呢，它们可懂孝道了，刚出窝就要四处觅食，每天回来嘴里都衔着蚂蚱或是小虫，燕爸爸和燕妈妈就待在窝里等着它们喂食。"管小正的妈妈说。

"好奇妙啊！"管小正望着头顶盘旋的小燕子，欣喜地说。

"这叫反哺。燕爸爸和燕妈妈为了把小燕子养大，要每天捉

虫给它们吃，给小燕子上飞行课。小燕子快出窝的时候，窝里拥挤不堪，燕爸爸和燕妈妈只好睡在电线上。以前是父母养它们，现在它们长大了会飞了，给父母送吃的不是应该的吗？"管小正的妈妈说。

"您说的是真的吗？"管小正问。

"什么？"

"燕子报答父母恩啊。"

"你不信？上网查啊！"管小正的妈妈摸着他的头，感慨地说，"哎，有的时候啊，人还不如只燕子呢！那些不养父母的人是怎么想的？难道真要让老人去法院起诉儿女，让法院强制他们每月给老人赡养费吗？"

"这是个好办法，可邢爷爷为什么不打官司呢？"管小正听出妈妈的言下之意是为了让邢大爷的儿子儿媳妇有所醒悟，于是配合着妈妈，又抛了新问题。

"虎毒不食子啊，连老虎都不会吃自己的孩子，更何况是有感情的人了。邢爷爷是不想让他儿子丢人，不想让人知道他有一个这么不孝顺的儿子。说到这儿，我倒想起来了，农历九月初九是重阳节，再有一个多月就过节，我得想想给你爷爷奶奶买点什么。"说到这儿，管小正的妈妈加快了脚步。

这时，邢大爷的小南屋传出一个带着哭腔的声音："我爷爷奶奶那么穷，让你们给他们买点吃的穿的，你们非不！不赡养老人是违法的，你们违法了你们知道不知道？我以后还怎么当你们的儿子呀？"

小南屋的窗开着，里面沉默了好久好久。管小正和妈妈相视而笑。

小·正笔记

长知识

为什么不让露天焚烧秸秆

秸秆焚烧会入地三分，地表中的微生物被烧死，腐殖质、有机质被矿化。田间焚烧秸秆会破坏生态系统的平衡，改变土壤的物理性状，加重土壤板结程度，破坏地力，加剧干旱，农作物的生长因而受到影响。露天焚烧秸秆还会引起环境污染和火灾。

为什么要进行垃圾分类

1.节约资源。实施垃圾分类之后，可以使很多资源被重复使用。

2.减少占地，可以分担填埋垃圾的压力。生活垃圾中好多物质不容易降解，使土地受到严重侵蚀。

3.变废为宝。垃圾中的食品、草木和织物能转化为资源，可以堆肥生产有机肥料；垃圾焚烧可以发电、供热或制冷；砖瓦、灰土可以加工成建材等等。

为什么要集中处理垃圾

垃圾处理厂的高温焚化炉能将垃圾焚烧充分、彻底，焚烧后的废气和残渣通过专门的处理才能排放。即便科学地焚烧垃圾，每吨垃圾焚烧后还是会产生大约5000立方米废气，并留下一些有毒的灰渣。而随意焚烧垃圾只能将部分固态污染物转化成气态释放到空气中，那些有毒的有机物和重金属污染仍然存在，并继续污染环境。

知法小达人

《中华人民共和国大气污染防治法》

第七十七条　省、自治区、直辖市人民政府应当划定区域，禁止露天焚烧秸秆、落叶等产生烟尘污染的物质。

第八十二条　禁止在人口集中地区和其他依法需要特殊保护的区域内焚烧沥青、油毡、橡胶、塑料、皮革、垃圾以及其他产生有毒有害烟尘和恶臭气体的物质。

第一百一十九条　违反本法规定，在人口集中地区和其他依法需要特殊保护的区域内，焚烧沥青、油毡、橡胶、塑料、皮革、垃圾以及其他产生有毒有害烟尘和恶臭气体的物质的，由县级人民政府确定的监督管理部门责令改正，对单位处一万元以上十万元以下的罚款，对个人处五百元以上二千元以下的罚款。

父母慈爱，子女孝顺，是我们国家的传统美德，在今天的法治社会，也在一定程度上体现了法律的要求。在子女年幼、没有独立生活能力时，父母要承担抚养义务。当父母年迈时，子女有赡养扶助的义务。让我们来了解一下法律是如何规定的。

《中华人民共和国宪法》

第四十九条　父母有抚养教育未成年子女的义务，成年子女有赡养扶助父母的义务。

《中华人民共和国刑法》

第二百六十一条　对于年老、年幼、患病或者其他没有独立生活能力的人，负有扶养义务而拒绝扶养，情节恶劣的，处五年以下有期徒刑、拘役或者管制。

《中华人民共和国民法典》

第二十六条　父母对未成年子女负有抚养、教育和保护的义务。

成年子女对父母负有赡养、扶助和保护的义务。

《中华人民共和国老年人权益保障法》

第十三条　老年人养老以居家为基础，家庭成员应当尊重、关心和照料老年人。

第十四条　赡养人应当履行对老年人经济上供养、生活上照料和精神上慰藉的义务，照顾老年人的特殊需要。

赡养人是指老年人的子女以及其他依法负有赡养义务的人。

赡养人的配偶应当协助赡养人履行赡养义务。

读书感悟

第四章　拯救猫头鹰

1

一场雨消了夏天的酷热，马儿多农场一下子有了秋天的氛围。

树被风吹得哗啦哗啦地响，门前地里的高粱在风中飘摇，长得还算壮实的大豆也禁不住大风的袭击，左右乱晃。管小正站在大门口，看到路边几棵高大的银杏树在雨的击打下也显得弱不禁风。管小正觉着身上被凉风吹得发紧，只得赶紧回屋披了一件外套。

"秋天快来了，天要凉了。"爷爷说。

管小正掐指一算，他也快要开学了。

这天一大早，管小正正在梦里追野兔呢，就被一个温和的声音唤醒了。"小肉肉，起床喽。"野兔不见了，管小正趴着纹丝不动，他想找找那只野兔藏哪儿了，那个声音加重了语气，"快起床吃饭了！"

管小正翻了个身，睁开眼睛发现天已经亮了，那个声音开始

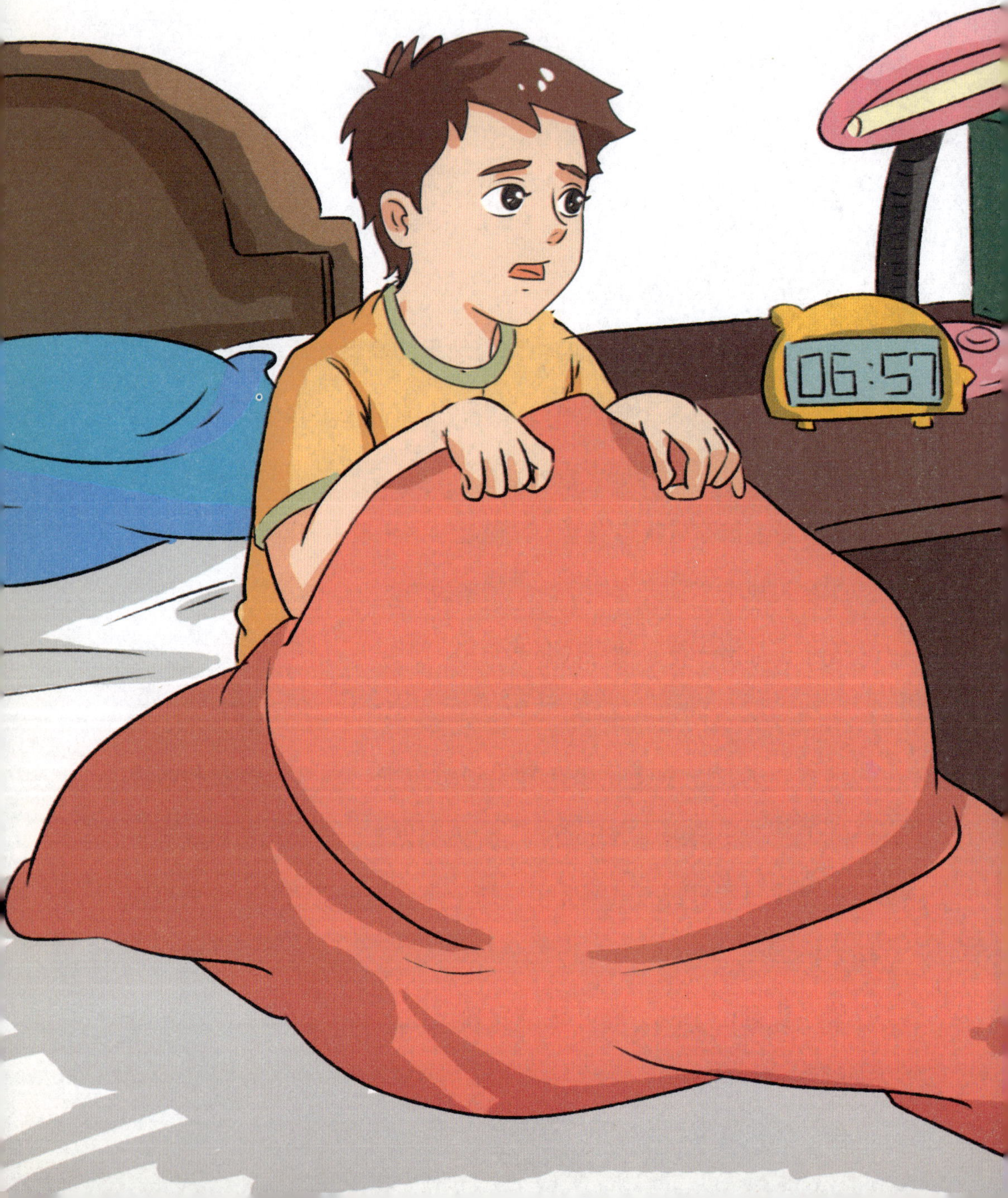
06:57

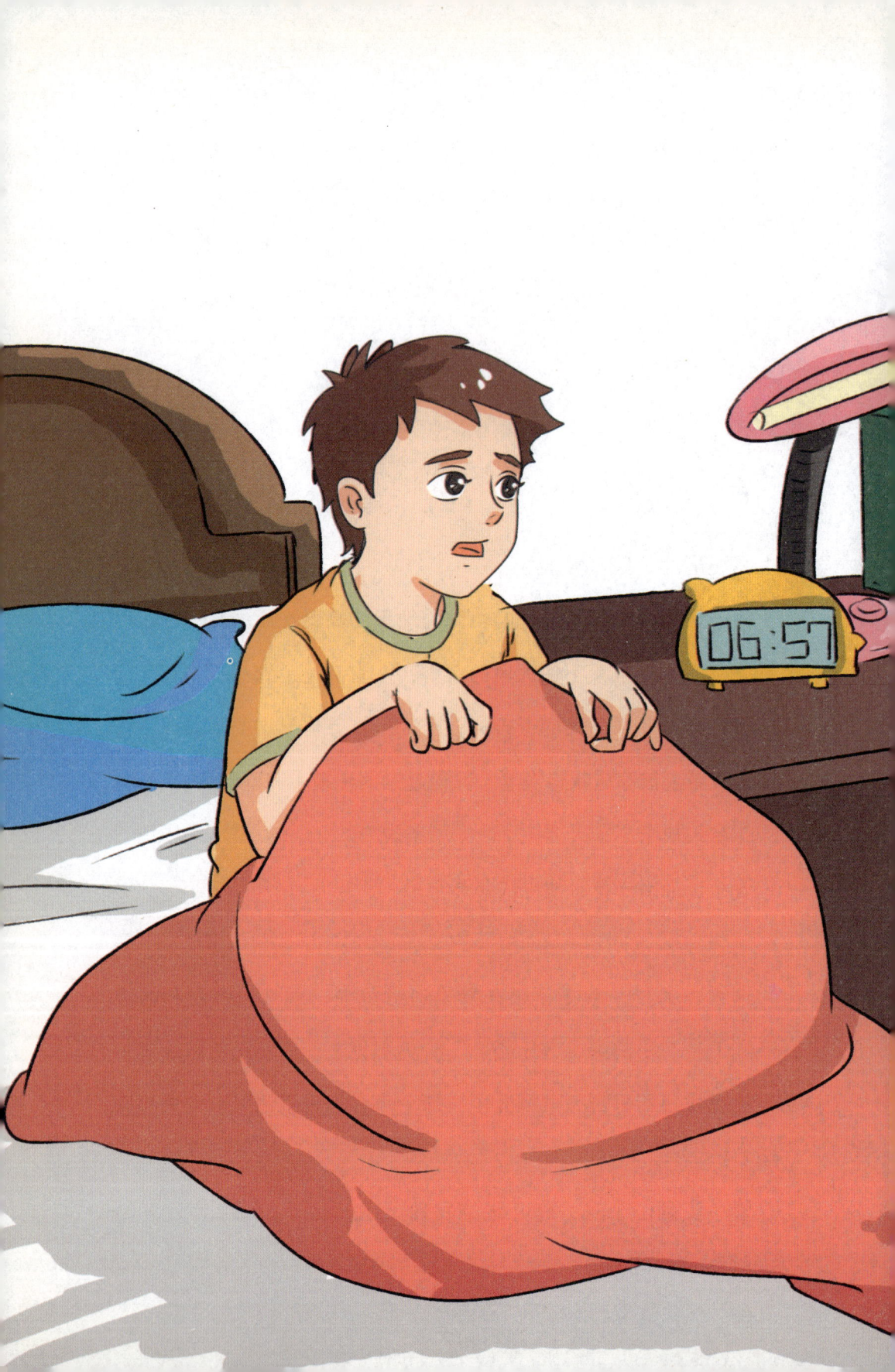

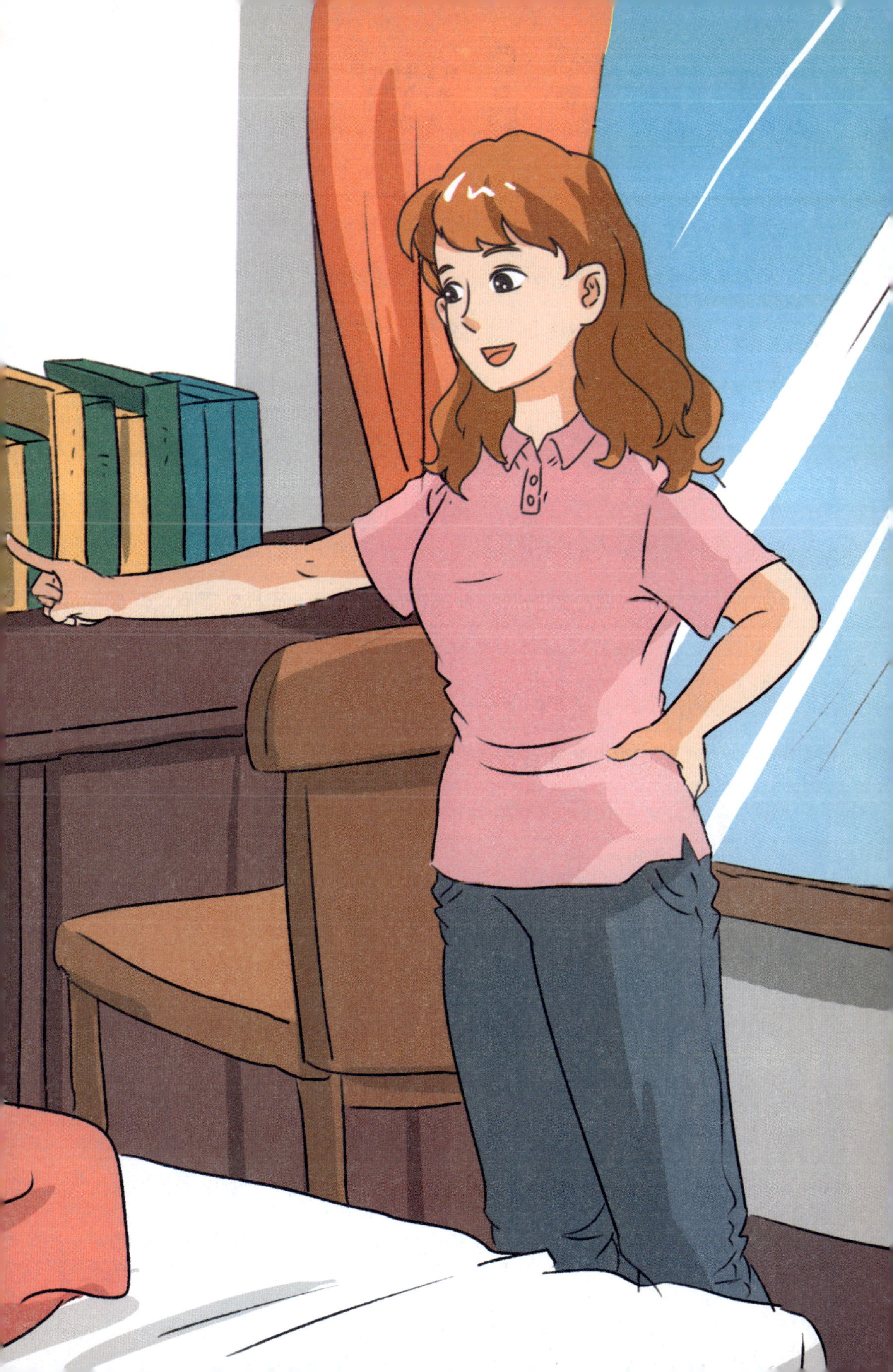

不耐烦地再度响起："快起床吃饭写作业，再不赶作业，开学徒伤悲，你再不自觉，咱们明天就回北京上学习班！"

"别别别！"管小正一骨碌从床上爬起来，拉着妈妈的胳膊，抬头看了看时钟，才七点，"妈呀，我这过的是暑假吗？"

"你要是把假期当成上学日，我也没意见。"

"最狠天下老妈心。"管小正扯了扯被角，怔怔地说。

"只要我够狠，半个月以后，你就能看到光明；如果我不狠，半个月以后开学前一天夜晚，你就得熬到失明。你自己看着办！"

"老妈说得对，多亏有个好老妈。"管小正叠着毛巾被，嘴里念念有词，"作业作业作业……凡'杀'不死我者必使我强大！"

"要是这么点儿作业就能把你'杀'死，我看你将来也强大不了。总而言之一句话，把学习计划做好了你就不用这么紧迫了。"

"老妈，其实吧，我作业都写完了，不信你看。"管小正"嘿嘿"笑着，跳到床边的写字台边，从书包里拿出几本练习册。

妈妈翻看着练习册，脸上露出笑容，管小正挑起眉头，笑嘻嘻地说："怎么样，是不是觉得你儿子很省心？我可不像小麦那样，作业才写了不到一半。我现在就差新功课没预习了。"

"这叫'有其母必有其子'嘛。"妈妈乐了。

为了让自己的假期后半段安稳度过，管小正对妈妈唯命是从，再说他也确实该预习功课，这是妈妈和他约好了的，每年暑假都一

样。他们还约法三章，如果管小正在老家不好好预习就让他回北京上半个月的学习班。为了能在马儿多农场多待几天，管小正必须自觉地写完作业、预习功课。这已经成了他的习惯。

管小正花一个小时看了数学书和语文书后，跟妈妈打了声招呼就跑到了小麦家。

"你妈还算好，我妈那才叫狠呢，我的遭遇比你还惨。"听了管小正的讲述，小麦嗤之以鼻。

"早上我妈叫我两遍我都没起来，我妈端着杯牛奶过来，温柔地说：'乖乖，喝杯热牛奶再睡觉吧，这样会睡得更香。'我接过牛奶往嘴里喝，牛奶一入嘴就被我喷了出来，你知道为什么吗？太烫了。我妈却说，早说过是热牛奶了，是你睡得迷糊，才会烫着，行了，赶紧喝完了睡吧。你说说，烫都烫醒了还怎么睡呀。我妈倒好，说着风凉话，'哪有那么烫，顶多五十度'。扎心啊，还是亲妈吗？这都是哪个仙界下凡的妈妈呀？怎么就落到我们家了？"

"哈哈！"

两人倒了一番苦水，管小正想到了"知了猴"承包的树林里的珍稀鸟类，心里不禁痒痒起来，"咱们去看看吧"。

"'鬼火'把我吓得魂都丢了，好不容易才附体，我可不想再去自找苦吃。"小麦果断拒绝了管小正。

"那怎么办？"管小正没有同伴，愁着一张脸，苦闷极了。

"你自己去吧，我还得写作业呢，想到要开学我就瑟瑟发抖。哎，太久没动笔了，有种皇上批奏折的感觉，看着哪本奏折都想写两笔，可又不知道写什么。"小麦拿起了书本，唉声叹气地看起来。

管小正只好回爷爷家。妈妈见他闷闷不乐地回来，问："怎么不去看鸟了？""小麦不陪我去，她害怕树林里的'鬼火'，还要预习功课。"管小正挠了挠头，有些烦躁地说。

"鬼火？"妈妈不明所以。

管小正只好把两人偶遇"鬼火"的事讲给妈妈听，妈妈听完哈哈大笑："小麦的胆子真是小啊，哈哈。"说完，见管小正郁闷着的脸，就关切地问道："要是没人陪你去看鸟，那么找个时间我陪你，如何？"

"好啊，那就下午吧。"管小正脸上的烦躁一扫而光。

"没问题。"妈妈伸出右手，和他击掌，以示说话算数。

管小正心花怒放地回屋预习了英语，又看了一本薄薄的故事书。妈妈在厨房里做饭，爷爷在收拾院子，等管小正看完书来到院子，那些已经有些蔫了的黄瓜蔓和黄瓜架已经被爷爷拔了，整个院子敞亮了许多。

"爷爷，您怎么把它们拔了啊？"

"立秋以后，黄瓜就不怎么长了，长也长不起来，我就干脆都收拾了。等我撒上些油菜籽，深秋就能吃上小油菜了。"爷爷坐在马扎上梳理着眼前张牙舞爪的藤蔓和黄瓜架，"来，吃根小黄瓜，嫩着呢。"

管小正接过小黄瓜洗都没洗，直接送进嘴里嚼了起来，边嚼边拿了个马扎到爷爷身边坐下看爷爷干活。妈妈拿着铲子出来，说："别光看着，帮你爷爷干干活儿，也没多沉，你拿得动。"

"好嘞。"管小正和爷爷一起忙活了起来。

大门"咣当咣当"响了两声："爷爷在家吗？"

"谁啊？"爷爷问。

"我是邢爷爷的孙子，我妈让我送碗排骨来，顺便把您家的饺子碗送回来。"院子里跑进来一个壮实的男孩，左右手各端着一只碗。

"咦？你们没回城里吗？"爷爷问。

"没有，我妈说好久没回爷爷奶奶家了，就住下吧。今天早上我爸还开车去镇上买了鱼和肉，今天中午吃完饭，他们就回城里，我要在爷爷奶奶家住到开学。"

"真是太阳打西边出来了啊，邢大爷家的儿子儿媳妇这是开了窍了啊。"爷爷边说边整理那些黄瓜藤蔓。

"您是说孝敬爷爷奶奶的事吧，我听我爸妈说，小燕子都知道

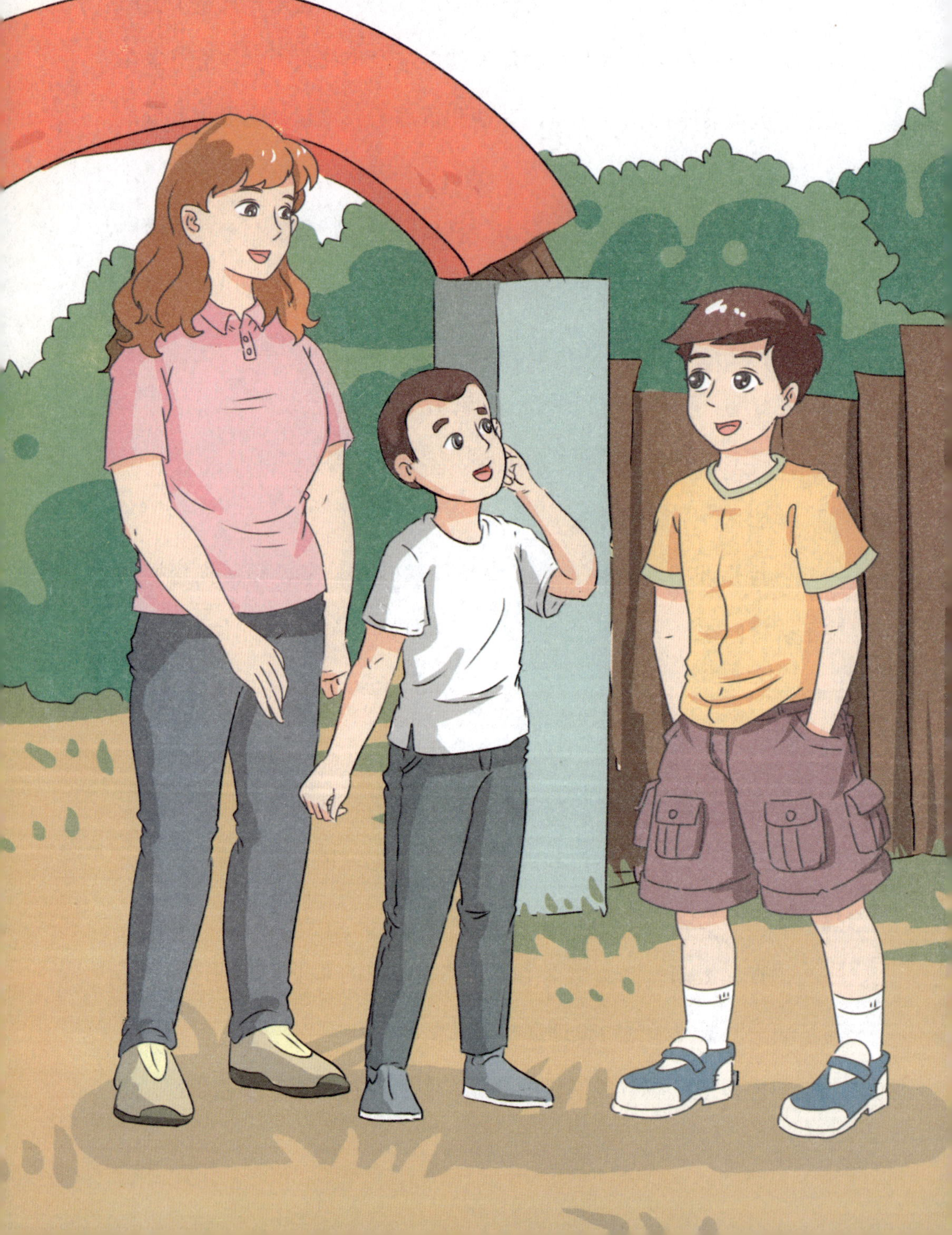

报答父母恩呢，他们可不能连动物都不如，他们可不能犯法。"男孩虎头虎脑的，说起话来表情很丰富。

妈妈欣慰地笑了，她看向管小正，管小正也在窃笑。她突然冲儿子眨眨眼，说："你不是要去看鸟吗？"

一听这话，邢大爷的孙子两眼冒光，把头往前探了探："看鸟？去哪儿看？"

"'知了猴'的树林里，那儿有好多珍贵的鸟儿。"管小正伸出双手，往前一搂，好像那鸟儿就在眼前似的，数都数不尽。

"我也想看，能带我去吗？"邢大爷的孙子可怜巴巴地问。

"这个，我妈说她陪我去。"管小正有些为难了。

"你们去吧，我还有事情没忙完呢。"管小正妈妈说。

"那我回家说一声。"邢大爷的孙子高兴地蹦着高往外跑。

"不着急，下午三点再去。"管小正说。

"好。"

"你叫什么名字？"管小正又问。

"邢——大——福——"男孩扯着长音喊着。

"我叫管——小——正——"管小正也扯着长音喊着。

"我十二周岁——"

"我也十二周岁——"

2

管小正牵着然鹅去找邢大福。

"你怎么还带着一只鹅?"邢大福好奇地问。

"这是我的好伙伴然鹅。你可别小看它,它不仅跑得快,还能抓坏人呢。"管小正煞有介事地说。

"哦?这么厉害啊。"邢大福面露诧异之色。

"当然,以后你就知道它的本事了,咱们赶紧走吧。"管小正领着邢大福去葡萄园找张老二。

"哟,又有新朋友了。"张老二打趣道。

"邢爷爷的孙子,叫邢大福,他也喜欢看鸟,您能带我们一起去'知了猴'的树林里吗?"

"可以啊,我的葡萄采摘已经进入了尾期,现在啊,我时间有富余。"张老二说着,就带着他们出发了。

三人拐进一条小道。"这条路跟我们上次走的路是不一样的?"管小正问。

"那次是傍晚,走小路不安全,我才带你走的大路。现在是白天,我带你们转一转小路,看一看农村的风光。"

"好啊好啊。"管小正欢喜地四下张望。

他们经过一片桃园,张老二给两个男孩介绍:"咱们这儿的水

土好，种出的桃子啊特别甜，每到收桃的季节，那一辆辆大卡车停在路口走都走不动。"

转过一条河，张老二又接着讲："以前啊，这河里年年有水，这几年旱了，河里都没水了。前段时间南方下了那么多雨，咱们这儿却旱得要命，真是涝的涝死，旱的旱死。你们将来要是有本事了，把南方的水引到咱们这儿，别让那些雨都下到南方。"

"嗯，我喜欢研究水利。"邢大福说。

"有志气，将来做个水利工程师。"张老二点点头。

管小正跟邢大福说："一会儿咱们去的那片树林是'知了猴'家的，'知了猴'是个叔叔的外号，因为养殖'知了猴'，而且他长得又黑又瘦，大家就叫他'知了猴'。一开始张叔叔说'知了猴'的时候，我还以为是树上的'知了猴'呢。"

"你要是不说，我也这么认为。"邢大福哈哈大笑起来。

孩子到底是爱跟孩子玩，两人不过才见了三面，就已经玩得很好了。

"知了猴"的树林很快到了，张老二冲树林吼了一声："'知了猴'，你的小粉丝来了。"

"我可不是小粉丝，我是来看鸟的。"管小正赶紧纠正。

"好，看鸟。"

"知了猴"从树林里钻出来，手里拿着一小捆树枝，见到他

们高兴地说:"我在找知了产卵的树枝子呢,为以后的生产养殖做储备。"

"凡事预则立,不预则废。"张老二说。

"什么意思?"管小正听不懂,问。

"就是说做什么事都要有准备有预备,这样做起事来才能有把握,不做准备肯定做不好事情。就跟打仗似的,你的兵马线路策略如果不事先想好,还怎么跟敌人打?你们这个年纪要做的准备就是学习,也就是打基础,不然以后知识不够用怎么办啊?"张老二解释道。

"难怪我妈这两天逼着我学习呢。"管小正微皱着眉头,似有所悟。

"难道你将来不想做出一番事业来吗?你可别觉得眼前学的知识没用,将来研究什么都得有基础知识做支撑。你真心想学知识就不能靠别人逼,你看我们种葡萄、养知了猴还得懂科技呢。"张老二从"知了猴"手里抽出了一枝枯树条,说。

"嗯。"

"好了,你们去树林里观察鸟吧,记住不要惊动它们,不要抓它们。去年夏天一个大学生放假回来看我树林里的鸟漂亮,偷着爬到树上端了一窝鸟,结果,被派出所抓起来了。""知了猴"叮

嘱道。

"端一窝鸟就被抓了？"邢大福瞪大眼睛，惊讶地问。

"他抓的那窝鸟是红隼，是保护动物。""知了猴"说。

"可能他不认识那鸟是红隼吧，要知道它们是保护动物估计他就不会端那窝鸟了。"邢大福若有所思。

"虽然他不知道，但法律就是这么规定的啊，他犯法了，就得接受法律的制裁。我记得有一句话是这么说的——不知法律不免责。"管小正跟邢大福解释，"意思就是说法律并不因为你不懂法、不知法就会对你网开一面，每个人都要为自己的行为承担责任！"

"我还是第一次听到这种说法。"邢大福说。

"你不知道吧，捕捉麻雀的数量超过二十只也是犯法的呢！"管小正一挑眉，脸上流露出自豪的神情。

"就是随处可见的麻雀？"

"对啊。"

"你怎么知道的？"邢大福羡慕地问。

"当然，管小正是法治小记者，是知法小达人呢。"张老二赞叹道。

管小正不好意思地笑了。

3

　　管小正和邢大福在树林里穿梭着,他们时而侧耳倾听,时而举起望远镜观望。喜鹊的窝最容易找,它们的窝搭在最高处,一根树杈搭一根树杈,错落有致。在他们不远处,一只喜鹊叼起一根树枝,大概是一侧太沉了,没叼起来,它把嘴往树枝中间移了移,再叼,这下两边平衡了,它这才展翅高飞,把树枝叼到了树顶上。

　　"它大概是在补窝吧。"管小正说。

　　"克噜——克哩——克哩——"然鹅来回踱着步子鸣叫起来,声音并不大,像是在提醒着什么。

　　"咦,这是什么?一团一团的。"邢大福蹲在地上仔细观察。

　　"我看看。"管小正跑过来辨认着,"这是粪便,我猜这附近有猫头鹰。"

　　"你怎么知道的?"

　　"书上说有的猫头鹰会利用其他动物的粪便狩猎。"

　　"为什么?"

　　"因为粪便能引来蜣螂,而猫头鹰吃蜣螂啊!"

　　"你怎么知道的?"

　　"看书啊。"

　　"你可真厉害!"

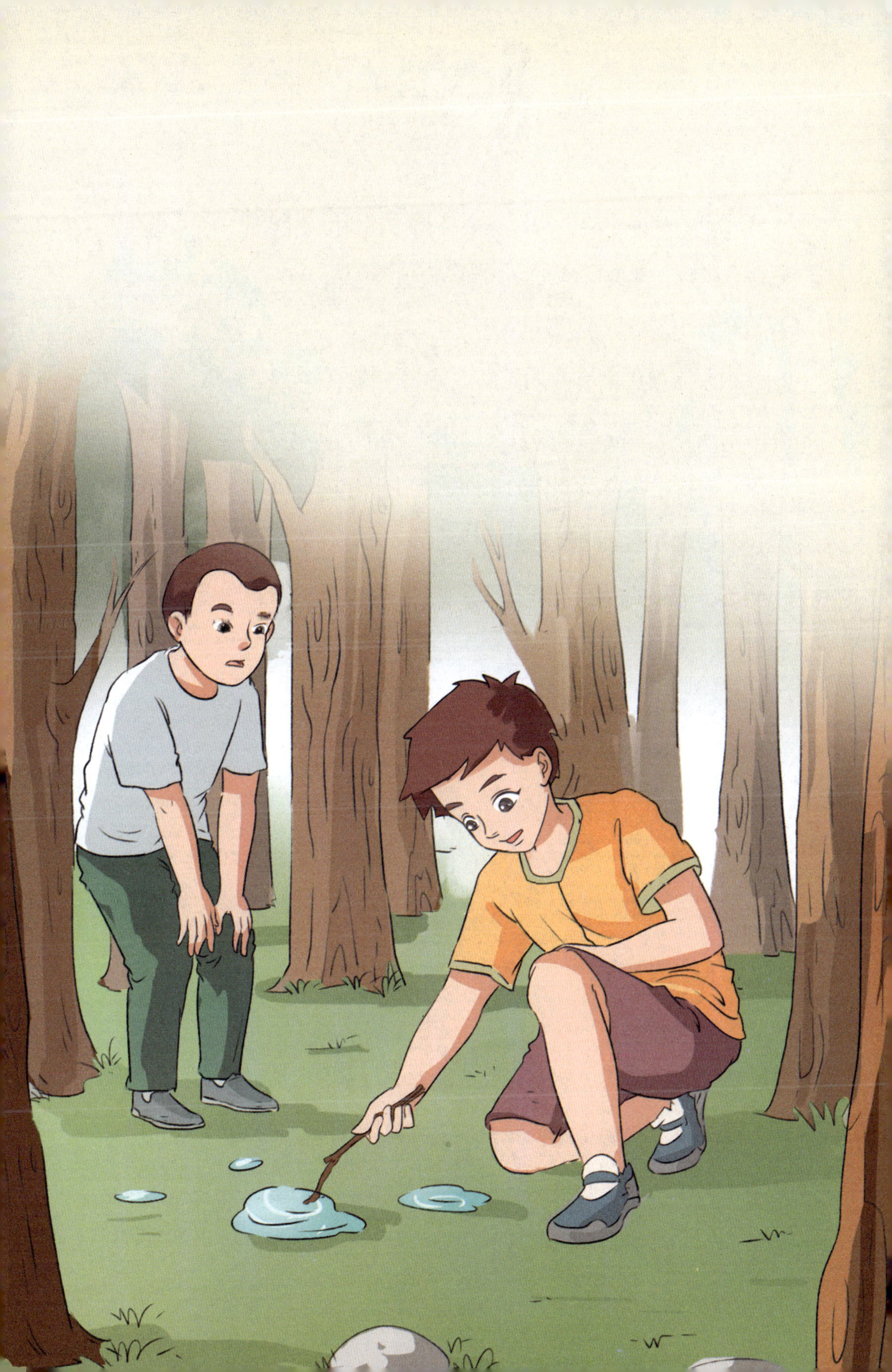

"咦，粪便旁边的东西，看起来像是鱼骨头和羽毛，这儿肯定有猫头鹰。"管小正脸上露出笃定的神情。

"为什么？"

"因为猫头鹰喜欢吃老鼠、小鸟、鱼这些小型动物，抓到后就直接吞下去，那些皮毛骨头如果从肠道排出去肯定会划伤肠道，所以它们就把不容易消化的东西从嘴里吐出来。吐出来的东西叫食丸，通过食丸就能知道它们最近的伙食怎么样了。"管小正找了根小枝条，扒拉着那堆东西，"看来它们最近吃的是鱼和小鸟了，有鱼有肉，日子过得不赖。"

"你怎么知道的？"

"看书啊。"

管小正顺着树往上看，在树的上方发现了一个树洞，他跳起来看，但根本看不到树洞里有什么。"我猜这个树洞里住着猫头鹰。"他说。

"你怎么知道的？"

"看书啊。"

管小正的个子不够高，他让邢大福踩着自己的肩膀看那个洞里有什么。邢大福胆小不敢看，管小正只好让邢大福抱紧大树蹲着，他踩着邢大福的肩膀试试。别看邢大福长得壮实，却没多少力气，管小正一只脚刚落到他肩膀上，他的身体就往下倒。管小正赶紧把

脚收回来。

怎样才能了解树洞里的情况呢？管小正左思右想不得方法。突然，他看到树洞上方的一截树杈，立即计上心来。管小正把系着挂绳的手机从脖子上解下来，打开录像功能，把绳系在然鹅脖子上，示意它飞到树杈上。然鹅真是通人性，双翅一展飞了上去，手机稳稳当当地正对着树洞。

然鹅是贴心小棉袄，为了完成主人委派的重任，它纹丝不动地站在树杈上，用手机拍下树洞里的真实情景。

4

"看到了，真的是猫头鹰，有好几只，像是还没长太大的小鹰。"管小正捧着手机，兴奋地跳起来。

"它们长什么样？"邢大福凑过头来看。

"你看，脸部跟猫很像，身子像鹰，有的睁一只眼闭一只眼，有的摇脖子，据说它们的脖子能旋转270度呢。你踩着我的肩膀上去看看吧。"

邢大福确信洞里没有其他可怕的动物，这才赶紧按管小正说的做。他从管小正肩膀上跳下来，嘴里啧啧称奇："好可爱啊。"

"它们一般白天休息，晚上出来活动，估计现在正打瞌睡

呢。"管小正说。

"你说小猫头鹰也要吐食丸吗？不怕噎着吗？"邢大福歪着脑袋问。

"当然不会啦，我们在小时候不都是大人把食物弄得很精细才给我们吃的吗？小猫头鹰吃的也都是家长们撕好的一小块一小块的肉啊。"

"你怎么知道的？"

"看书再加上自己琢磨啊。"

"哦，那咱们能把它们带回家养吗？"

"当然不行了，你没听'知了猴'说有人抓了红隼被判刑了吗？"

"可我是小孩。"

"小孩也不能抓猫头鹰，不能抓就是不能抓，你要是抓了我就不跟你玩了。"管小正瞪着眼急赤白脸地说。

"好吧。"邢大福勉强地答应了。

两人又观察了一会儿喜鹊和灰雀。忽然，树林里一阵窸窸窣窣的声音，紧接着从树丛里钻出一个长着满脸麻子的老头儿。两个孩子面面相觑，倒是老头儿先开腔："你们玩着吧，我挖点草药就走。"

"哦。"管小正和邢大福看了他两眼，他的篓子里有几棵草根，管小正猜大概那就是草药。

管小正一回家就告诉妈妈他们发现可爱的小猫头鹰的事，妈妈让他好好观察，以后写篇观察笔记。

晚饭后，管小正和妈妈在门口的小树林旁溜了会儿弯儿，阵阵风吹来，吹得浑身发冷，他赶紧挎着妈妈的胳膊。忽然，管小正听到咯咯笑的声音在风中飘来飘去，他忙问这是什么声音。妈妈说是猫头鹰叫。

"它们的叫声好奇怪啊！"

"在民间流传着好多关于猫头鹰的俗语，什么'夜猫子进宅，无事不来''不怕夜猫子叫，就怕夜猫子笑'等俗语，都说它们是'不祥之鸟'。"妈妈真是什么事都知道，快赶上百科全书了。

"为什么？"管小正不解地问。

"因为有人说，听到它们的叫声之后，周围就会有人去世，所以人们又把它们叫作'报丧鸟'。"

"我们今天亲眼见到了猫头鹰，不会有什么不吉利吧？"管小正有些不安地问。

"不会的，你想多了。"妈妈安慰道，"人们只是给动物赋予了一定的寓意。中国有很多关于猫头鹰不吉利的说法，但猫头鹰在有些国家很受欢迎，希腊的智慧女神雅典娜的爱鸟就是一只小鸮。

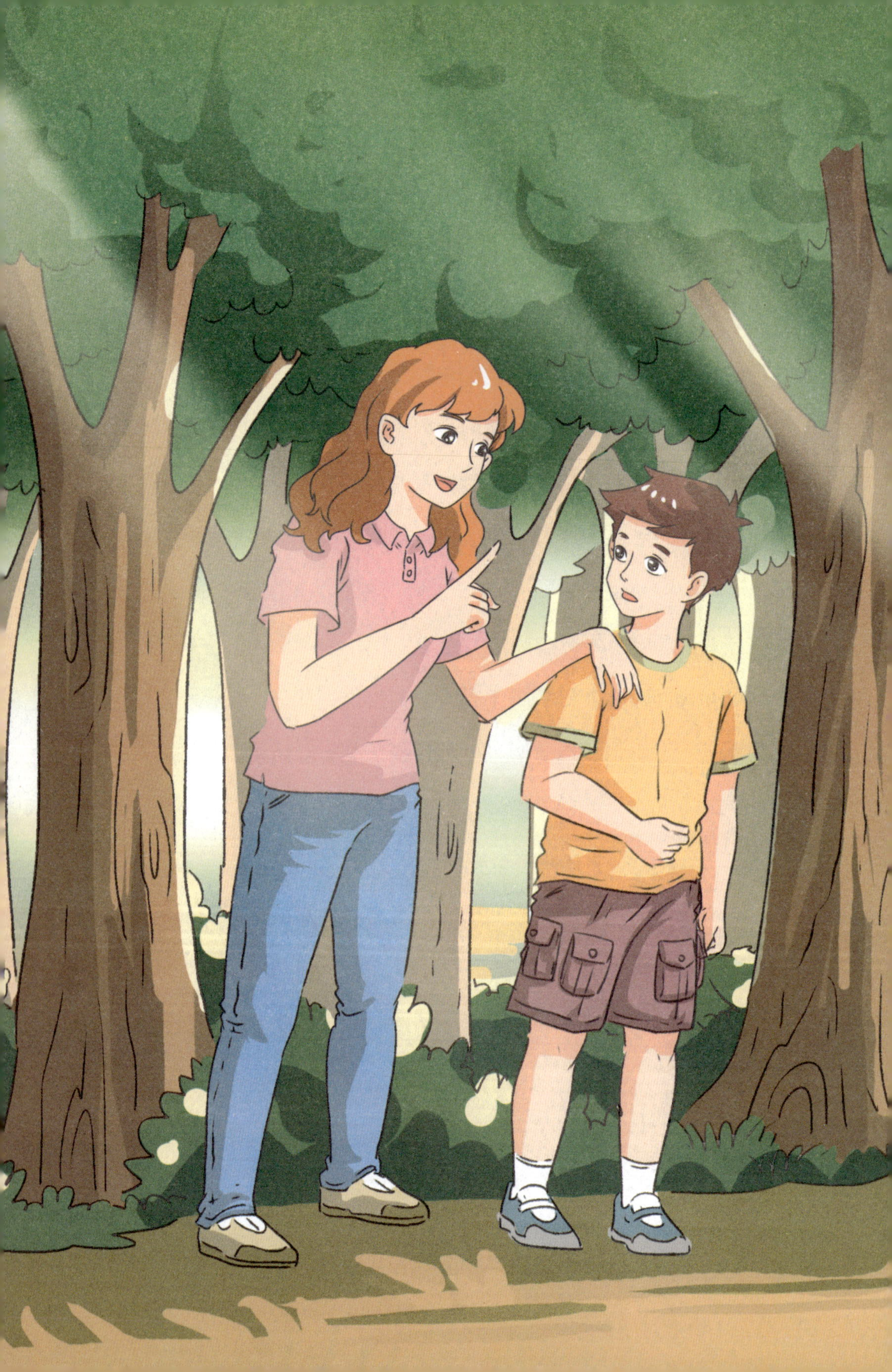

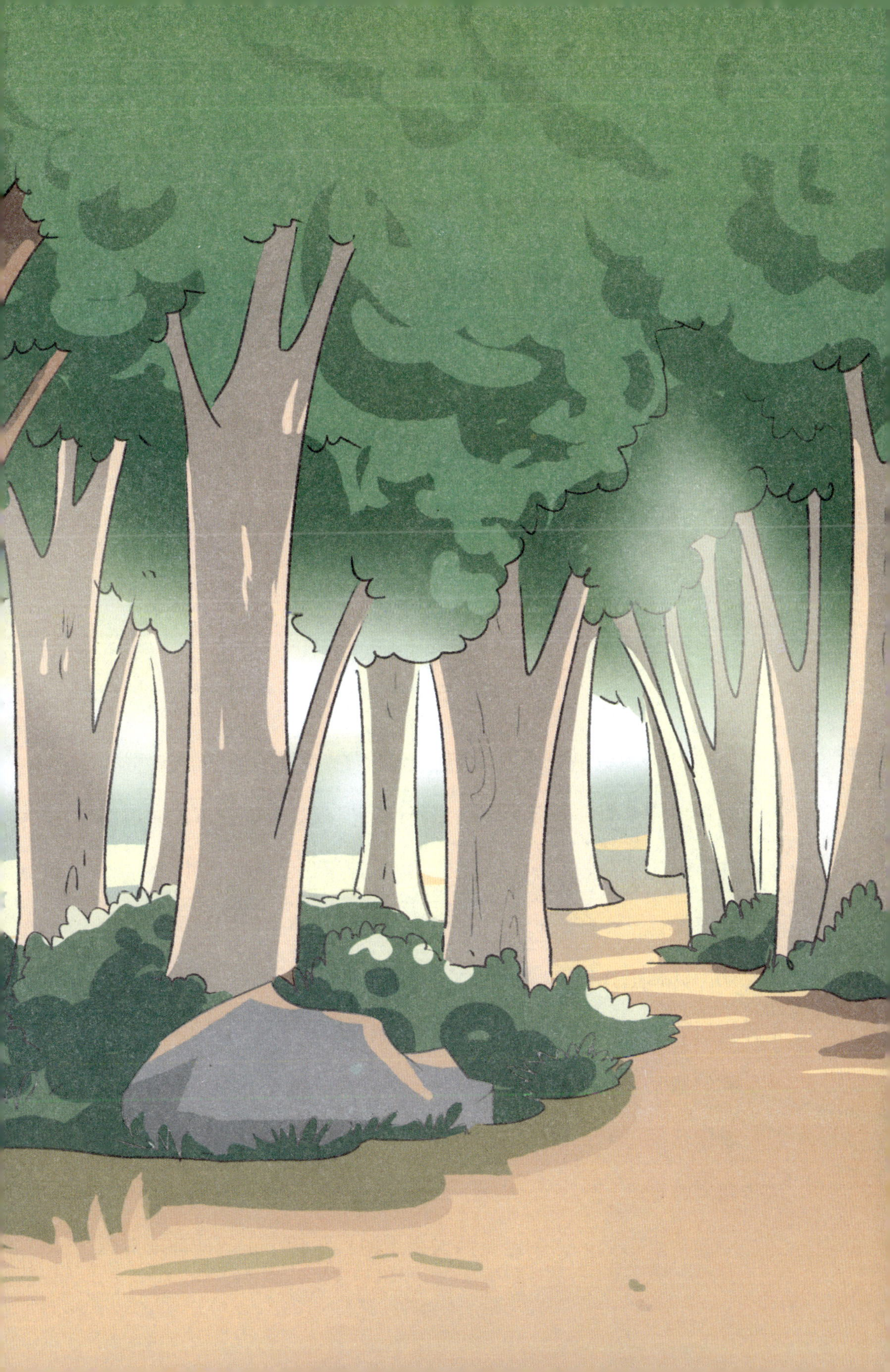

这小鸮是猫头鹰的一种，能够预示一些即将发生的事，所以古希腊人很崇拜猫头鹰，还有的国家把它们当作福鸟呢。"

"我想起来了，在《哈利·波特》里，猫头鹰和蟾蜍还是巫师们的宠物呢。"

"所以，每种动物都是因为地域文化的特点被人为贴上了标签。"妈妈若有所思地说。

"这也是一种偏见，对吧？"管小正分析道。

"说得很对。"妈妈说道。

5

天亮了，心急的管小正又想去探望猫头鹰。他吃完早饭就领着然鹅跑到邢大福家。邢大福的奶奶说，他跟着爷爷去亲戚家串门了。管小正只好一个人去找张老二，央求他带自己去小树林。

"知了猴"不在，张老二有钥匙，直接打开小门的锁，让管小正自己去树林里找猫头鹰。管小正扛着"知了猴"搭在树上的简易木梯找到了昨天那棵树，爬上去看时，猫头鹰一家却不见了。

它们搬家了？被谁偷了？管小正着急得在树下不停地踱步，经过一番审慎的思考，他认定邢大福最可疑，因为他说过想要把猫头鹰带回家养着。

"猫头鹰不见了，一定是邢大福干的！"管小正气冲冲地对张老二说，"我们快去他家。"

"怎么会不见了？"张老二两人飞快地奔向邢大爷家。

邢大爷的老伴说邢大福走亲戚还没回来。待张老二和管小正走出大门时，正好听到远处传来"嘎啦嘎啦"的声音，是邢大爷回来了。管小正直愣愣地冲到胡同口，一把揪住邢大福的衣领："树林里的猫头鹰不见了，是不是你偷了猫头鹰？"

"我没有啊。"邢大福被他问蒙了。

"肯定是你！"管小正跺着脚喊道。

"真的不是我。"邢大福一副无辜的表情。

"孩子，你冤枉大福了。从昨天吃完晚饭到现在，他一直都跟我在一起，他要是偷了猫头鹰，我怎么能不知道呢？"邢大爷站出来为孙子辩解。

"那会是谁偷了呢？"管小正窝了一肚子火，气鼓鼓地跑回家，连张老二叫他他都没有理，回到家气得午饭也吃不下。

咣当咣当！有人敲大门。

"是张老二来了啊。"躺在床上的管小正听到了爷爷的说话声。

"大爷在家啊，管小正呢？我来说一声，'知了猴'刚才来了个电话，说咱们马儿多农场的全三麻子到树林里采过药，没准儿是他端了猫头鹰一家。"

管小正听到这个消息,立马来了精神,从房间蹿出来:"他家住在哪儿?"

"说了你也找不着,快点,我带着你去看看。"张老二招呼他。

管小正拿出百米赛跑的速度跑过去,两人匆忙赶往仝三麻子家。

"仝叔在家吗?"张老二叩响了仝三麻子家的大门。

只见仝三麻子手里拎着刀出来,见到管小正一下站住了,管小正见了眼前这人也愣住了,这不就是前一天到树林里采药的老头儿吗?管小正想跟他打个招呼,仝三麻子却对他视而不见,咳嗽了两声,问张老二:"有什么事呀?"

张老二没说话,在他家院子里绕了一圈,问:"你这是宰什么呢?"

"鸡。"

"我怎么没听到鸡叫呢?"

"鸡让我宰了。"

"怎么刀上没有血呢?"张老二抬了抬头,严肃地说,"仝叔,人家'知了猴'的树林里有监控,你今天是不是抓了什么鸟了?你要知道那鸟是国家保护动物,猎杀可是要触犯法律的。"

仝三麻子浑身一哆嗦,又咳嗽了两声:"这,那啥,大侄子啊，我也没干什么啊，我就是杀鸡。"

"克噜——克哩——克哩——"然鹅横冲直撞过来，直接扑向小南屋的厨房，"克噜——克哩——克哩"叫个不停。管小正跟上去一看，只见一窝猫头鹰害怕地缩在脸盆里。

"还说没抓猫头鹰！"邢大福不知道什么时候也跟了进来。

"这，那啥，大侄子啊，我昨天到树林里采药听两个小孩说发现了猫头鹰，他们走了以后我就把那窝猫头鹰给抓了。这不是听说用猫头鹰熬成的汤能治咳嗽嘛，我就想试试。"仝三麻子紧张地把刀扔下，解释道。

"那可不行，猫头鹰是国家二级保护动物！给你判上一年两年的，你这咳嗽还治不治了？"张老二缓和了语气说。

仝三麻子是真的害怕了，紧张地恳求道："这猫头鹰我还没杀，你们拿走吧，给送回树上，中不中？"

"中。"张老二应着。

管小正带上然鹅，又心疼地捧着那窝缩在脸盆里的猫头鹰向树林走去。邢大福也跟了上来。

"叔，树林里真有监控？"管小正边走边问。

"你说呢？"张老二卖了个关子。

"我知道，你那是诈他呢！"管小正忍不住笑起来。

"哈哈，算你脑瓜儿灵！不过，再灵也灵不过然鹅啊！"张老

二对然鹅的表现赞不绝口。

"我也见识了它的厉害。"邢大福也凑近然鹅说。

"我给它起了个新名字,福尔摩斯·鹅!哈哈!"管小正更得意了。

小正笔记

长知识

邢大福要把猫头鹰带回家养,他说自己是小孩,即使把猫头鹰带回家也不用承担责任,真的是这样吗?老师告诉我,我和邢大福是未成年人,如果邢大福掏了猫头鹰的窝,他父母要承担法律责任。为什么呢?

《中华人民共和国民法典》

第十七条 十八周岁以上的自然人为成年人。不满十八周岁的自然人为未成年人。

第十八条 成年人为完全民事行为能力人,可以独立实施民事法律行为。

十六周岁以上的未成年人,以自己的劳动收入为主要生活来源的,视为完全民事行为能力人。

第十九条 八周岁以上的未成年人为限制民事行为能力人,实施民事法律行为由其法定代理人代理或者经其法定代理人同意、追认;但是,可以独立实施纯获利益的民事法律行为或者与其年龄、智力相适应的民事法律行为。

第二十条 不满八周岁的未成年人为无民事行为能力人,由其法定代理人代理实施民事法律行为。

也就是说，十二周岁的邢大福是限制民事行为能力人，如果他犯了法，由他的父母也就是监护人承担法律责任。

知法小达人

《中华人民共和国刑法》

第三百四十一条　非法猎捕、杀害国家重点保护的珍贵、濒危野生动物的，或者非法收购、运输、出售国家重点保护的珍贵、濒危野生动物及其制品的，处五年以下有期徒刑或者拘役，并处罚金；情节严重的，处五年以上十年以下有期徒刑，并处罚金；情节特别严重的，处十年以上有期徒刑，并处罚金或者没收财产。

违反狩猎法规，在禁猎区、禁猎期或者使用禁用的工具、方法进行狩猎，破坏野生动物资源，情节严重的，处三年以下有期徒刑、拘役、管制或者罚金。

给大家介绍一条原则——不知法律不免责。

"不知法律不免责"作为古老的刑法原则，最早可以追溯到古罗马时代，其含义是不会因行为人不知道法律的理由而免除其刑事责任。

红隼可不是随处可见的鸟，它是一类体形较小的猛禽，属隼科，是国家二级保护动物，在寻觅地面猎物时有逆风翱翔的习性，又被称作"风中翱翔者"。那个大学生虽然在不知是红隼的情况下把红隼抓走，但同样构成了非法猎捕珍贵野生濒危动物罪，要受到法律的惩罚。猫头鹰也是国家二级保护动物，猎杀会触犯法律，仝三麻子为了治疗咳嗽而抓捕了猫头鹰一家，幸好还没有杀了它们，他才免受刑罚。

还要提醒朋友们，捕杀麻雀、壁虎、喜鹊、斑鸠、蟾蜍、刺猬等也是违法行为。有人问，麻雀不是国家正式的一级和二级保护动物，为什么捕杀麻雀也违法呢？这是因为麻雀被列入《国家保护的有益的或者有重要经济、科学研究价值的陆生野生动物名录》里了，壁虎、喜鹊、斑鸠、蟾蜍、刺猬也是"三有"动物。

《最高人民法院关于审理破坏野生动物资源刑事案件具体应用法律若干问题的解释》第六条规定：违反狩猎法规，在禁猎区、禁猎期或者使用禁用的工具、方法狩猎，具有下列情形之一的，属于非法狩猎"情节严重"：（一）非法狩猎野生动物二十只以上的；（二）违反狩猎法规，在禁猎区或者禁猎期使用禁用的工具、方法狩猎的；（三）具有其他严重情节的。

麻雀虽小，那也是受法律保护的哦！再补充一点，麻雀其实没有那么可恶，它们虽然偶尔会偷吃粮食，但也是昆虫的天敌，是农民伯伯的除虫好帮手。

读书感悟